过了二十岁，要有瘦一辈子的本事

——

万特特 等著

中国出版集团 现代出版社

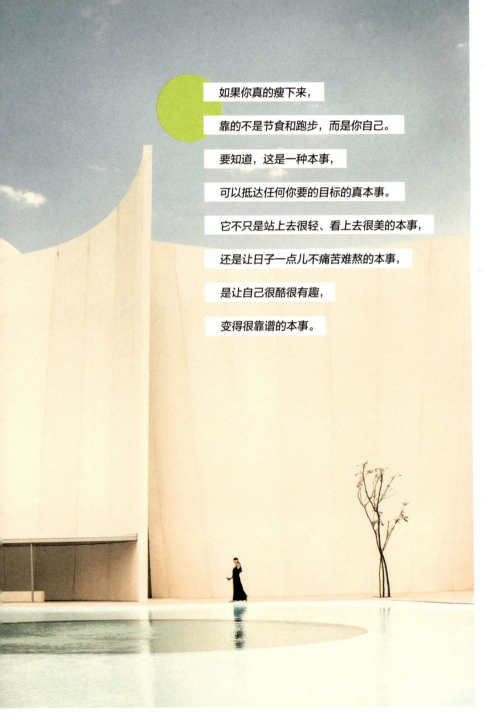

如果你真的瘦下来，

靠的不是节食和跑步，而是你自己。

要知道，这是一种本事，

可以抵达任何你要的目标的真本事。

它不只是站上去很轻、看上去很美的本事，

还是让日子一点儿不痛苦难熬的本事，

是让自己很酷很有趣，

变得很靠谱的本事。

我们终究要学会当一个禁欲系的"食客",

有些食物我们确定它很好吃,

那种绕舌的味道,总是在你的胃打烊的时候冒出来。

但要提醒你的是,

味道是暂时的,皮囊才是永恒的。

毕竟系不上牛仔裤扣子的悲痛你承受不了。

你以为胖很痛苦，其实胖最痛快，

不用克制，不用约束，

无非就是后果自负的生活。

对自己做出承诺的人，不是想干什么就干什么，

而是不想干什么的时候，

能克制欲望，对诱人的东西说"不"。

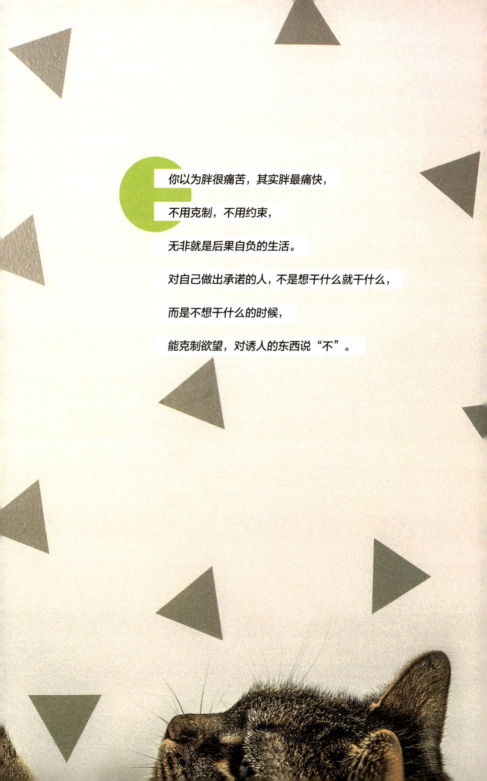

当你向乐观、自律、成功这些让你上升的东西举手投降后，

人生的复杂程度大大增加，

远超你的心理承受能力，所以你才茫然、恐慌。

前　言

摧毁一个人，生一次病就够了。让一个人懦弱，肥胖就够了。

这世界没有真正的胖子，只有对自己不够认真的人

如果你嘴上嚷着要减肥，行动上却自暴自弃，一再搁置运动计划，纵容油腻的垃圾食物塞满自己的胃，对食物热量视而不见，那么，不是肥胖导致了你糟糕的生活，而是你的不自律，对生活缺乏诚意造成的。

人人都觉得胖最痛苦，但其实胖最痛快，不用克制，不用约束，无非就是后果自负。如果你任由余生都在臃肿中度过，那其实是一种对自己的不负责任。

随心所欲的生活没什么不好，可如果你恰巧喜欢健康、苗条、有型的生活，那么就去改变和行动吧。

对自己认真负责的人，不是想干什么就干什么，而是在知道不该干什么的时候阻止自己。学会对美食说"不"，这也是成长的意义。

最美好的年纪，你应该是干净轻盈的

到底什么是美？我觉得它是一口"仙气"。

不管别人如何对你恶语相加，你都可以靠这口"仙气"吊着自己，在无数个以为自己快要撑不下去的时候，它将你从悲伤中拉回来，帮你坚持自律。只要你吊着这口"仙气"，好日子是早晚的事。

永远不要抱怨生活亏欠了自己，你当然可以相信"胖女孩儿也可以超级可爱，软乎乎的才显得呆萌""油腻的胖子也很靠谱"之类的话。但是你要知道，你最好看、最可爱的样子，就是你神采飞扬的样子。

你为自己倾注的心血都是具备能量的，它让一件美好的事情伴随另一件美好的事情发生，让你的人生充满很多期待。所以，胖着玩玩这件事，希望你不要太贪玩。

虽然从身材、颜值无法完全评定一个人的本质，但是它在某种

从来没有完全的舒适，

只有挣扎中的片刻喘息，

就像鱼在水里待久了露出水面喘息，

碰巧看到好月色，

就算生活赏糖了。

程度上表明了一个人对待人生的态度、生活方式、性格教养、审美品位以及对理想生活的野心。

健身这么美好的事，会清空你多余的情绪，令你爱上作息规律、目标明确的自己。你减的不是赘肉，你去除的是对生活的抱怨、不堪、曲解和苦痛。你获得的也不仅是胸肌、腹肌和马甲线，而是对生活的自信和斗志。

在琐碎里依然能保持身材的人，比放纵自己的人更可靠

我遇到过很多胖子并不真正喜欢自己。即使嘴上说不在意，可是在周围人的眼光里也容易自我怀疑。机会也是会挑人的，碰到不够自信，做事畏畏缩缩的人，它也会绕开。

职场偏爱装扮得体的人并不难理解。我们都喜欢早上到公司后，有穿着和妆容都得体的同事跟你道一声"早安"。和这样的同事出门谈业务，也会莫名的信心倍增。

千万别小瞧那些把自己收拾得很得体的人。在工作和竞争压力下还对自我有要求的人，都是狠角色。那不仅仅意味着他们热爱生活、勤奋自律，而且折射出他不拖沓、不沉溺、不认输的人生态度，

说明他们把一部分时间和精力倾注在了自我建设上。

在职场中，你是一个什么样的人，你的身材和表情可以先于你的自我介绍替你说话。

请给你喜欢的人一个靠近你的理由

如果你曾因为肥胖丢失过爱情，那么多年以后你可能会明白，由深爱一点点变成无奈，很多时候是因为你先不爱自己，他才无法继续爱你，这往往不是他的错。

你总说要找到那个爱你灵魂的人，其实我们心里比谁都清楚，没有好看的皮囊，很难有什么人真的愿意穿过你的外表，去欣赏你不凡的内涵。有谁会不愿意朝那个好看的人多看两眼。

以貌取人已经不是什么新鲜事了，以貌待人也很平常。一味标榜内在而忽视外在，在某种意义上也是一种肤浅。

有时候，谈恋爱这件事对胖子挺无情的，你想要帅哥做男友，首先你得修炼成走路带风的小仙女。你想要美女做女友，首先你得是一位皮囊干净清爽的男生。不然对方得有多厚道，才能透过你邋遢的外表，柏油桶一样的身材，去体会你那颗温暖善良的心。

赘肉是你向生活妥协的认输牌，

因为它证实了你软弱、浮躁、没耐力，

把对美好形体的追求，排在了贪图享乐的懒散后面。

在"无所谓"的堕落中，

你默许了自己离那个"更好的自己"远一点儿，

再远一点儿。

没有一种穷是无缘无故的，就算家里有矿，能守住财富也是要靠脑子的。也没有一种胖是天上掉下的馅饼贴在你肚子上的，都是你亲自吃出来的、亲自喝出来的、亲自攒出来的。

另外，我们共同喜欢吃的一种东西叫"食言"，不需要花一毛钱。这是唯一一种能让我们久食不腻、不厌，一日不可或缺的东西，正是这种神奇的食物，让我们与自己长胖久安。

人类擅长找借口，甚至可以说是信手拈来。谎言说久了，就信以为真了。刚开始你会内疚、会脸红、会焦虑，后来你越来越娴熟，你根本不会再去想那是你曾对自己撒过的谎，那些理由和借口一个个都变成了事实。

归根结底，我们都是食言而肥。

誓死捍卫自己的身材，让自己变得更美，不仅是因为它最终能够帮你赢得好感，更因为在这个过程中，你塑造了更美好的自己。

你努力变瘦、变美，不是为了配得上谁，而是因为自律与自爱帮助你拥有了你本该有的自由与辽阔的人生。

人生就是你怎么委曲都求不了全，

但至少你的姿态要好看。

目　录

我胖过的那些年

杨熹文 　/ 002

你努力变美，不是为了配得上谁

李娜 　/ 011

我知道你很诱人，但是我不要

咸贵人 　/ 017

你问我过得好不好，我用身材来告诉你

王珣 　/ 020

美貌从来不是小 case，而是大本事

林宛央 　/ 026

有一种成就叫作：我能穿下10年前的衣服

凯瑟琳大王 　/ 033

后天美女从不敷衍自己

庆哥 　/ 037

别用120斤的体重，去装几克轻的灵魂

林宛央 / 044

瘦，也是一种很努力的生活态度

王珣 / 050

自律的人生才有可能开挂

朵姑娘 / 055

没有真正的胖子，只有对自己不够认真的人

万特特 / 060

瘦这件事到底有多重要

荞麦 / 068

生命中最艰难的那一年，将人生变得美好而辽阔

伊心 / 074

你那么胖，凭什么谈自律

周冲 / 079

所谓的运气不好，只是没有用尽全力

朱迟迟 / 084

为什么坚持运动的人，更容易升职加薪

庆哥 / 094

你好看了，你的世界才会好看

陈子溟 / 101

不要在你最好的年纪，吃得最胖，用得最差

苏心 / 106

Hi，从远方跑来的胖姑娘

韦娜 / 112

怪社会太残酷前，先放下你手里的薯片

阿芒 / 125

没有女人不上相，其实就是胖

艾明雅 / 132

你这么好看，不能胖

杨熹文 / 137

你可能根本不知道你为什么瘦不下来

大将军郭 / 143

在最美好的年纪，我必须是美的

CC / 149

如果早五年开始减肥，我的人生一定会不一样

老妖 / 153

为什么不能做一个身材臃肿的人

留几手 / 159

我不愿成为人鱼的泡沫

小岩井 / 165

那些不动声色就搞定一切的人到底有多酷

Kris / 175

最大的问题不是你有多胖，
而是你愿不愿意面对自己真实的人生

黄佟佟 / 182

"你不就是长得好看吗？""呵呵。"

李娜 / 192

你既胖又懒，是因为没对自己下狠手

小北 / 198

过了二十岁，要有瘦一辈子的本事

Celia / 205

他会喜欢一个胖子，绝不会爱一个胖子

少女陆 / 211

你爱的人不爱你，你可以更努力爱自己

王宇昆 / 218

我只是不想胖着过完这一生

入江之鲸 / 227

我胖过的那些年

1

　　我不是一夜之间胖起来的，但是我仿佛在一夜之间被肥胖给毁灭了。

　　那是几年前，我更加年轻的时候，当时，我和我的第 N 任男朋友在一个档次不低的饭店里吃一顿丰盛的自助餐。我在故意错过一顿午饭的情况下，轻松地在半小时内吃掉了10个肉串、5个鸡翅、2盘杏鲍菇和3块黑森林蛋糕。当我起身在餐厅里走上3圈，稍稍消化后又去端来一碗冷面的时候，我那少言寡语又多愁善感的男朋友忽然用非常幽怨的眼神看着我，说："别吃了，瞧瞧你那腰板子啊，就不能像别的女生那样注意点儿食量吗？"

　　我并没有理会他，坚持把一碗冰辣的冷面吃到过瘾，要不是他的目光停留在旁边餐桌的女人身上超过5秒钟，我还在心里盘算着去夹一碟辣白菜。我看着他目光投向的那个女生，她穿着牛仔短裙，露出纤细的脚踝，一张雪白的脸比我的巴掌大不了多少。我的心里忽然有种不祥的预感，完了，我们大概离分手不远了。

可是我又突然想起8个月前，他站在寒夜里的路灯下，泪眼蒙眬地和我说："我是一个非常专一的人，小时候养成的午睡习惯，长大了也舍弃不掉，10岁时喜欢科学杂志就一直坚持看了10年，15岁时爱上吉他就一直弹到了现在，我相信自己爱一个人也会爱得很久……"我闭上眼睛接受了他的吻，心想，嘿嘿，他一定会一直爱着我，爱到地久天长，爱到海枯石烂，爱到就算我连续不停地吃下8个大鸡翅他也一定会爱着我。

可是第二天，当我还躺在寝室的床上，懒懒的消化着胃里天南地北的食物时，却收到了这样一条短信，内容很多，涉及这8个月来我的种种无悔付出和心地善良，可是说到最后话锋一转地变成了：分手吧。我连忙打过去电话，发恐吓短信，威胁着说我要上吊自杀，可是当我蹲在寝室楼的走廊里撕心裂肺地大喊"我不能没有你，你让我今后怎么办"的时候，电话那头的他叹了口气："别闹了，不爱了就是不爱了。"

后来他把我送给他的东西全部打包，在寝室楼前郑重地交给我。我的手指摸到他的手背，犹豫着要不要索要一个拥抱，可是他居然嫌弃地迅速甩开。

那是在和8个月前一样的路灯下，他离开时的背影拉得很长很长，像足了一个手舞足蹈的负心人在狠狠地嘲笑我这个胖子。

仿佛过了一个世纪，我还没有从失恋的坏心情里走出来。突然，有人说他有了新的女朋友，于是我迫不及待地去那个女孩的微博看了看。

从那之后我再也没有看过那条微博。因为我在微博上看到的那个女孩子，即使用非常嫉妒的心情去描述，那也是一个非常美好的姑娘。她穿着漂亮的红格子小衬衫，紧身牛仔裤，做出踮脚看着天的模样，秀出好看的腿形和肚脐眼。我那该死的前任，站在女孩儿的身旁，嘴巴咧到耳后根，我看到他们身后的蓝天白云和阳光，忽然觉得他们般配得可怕。

那之后的每一餐，我都吃得备受折磨。

我去吃食堂的沙拉鸡排饭，一边和老板嚷着"多挤点儿沙拉酱"，一边脑子里浮现他新女友的小细腿；我去火锅店，从一碗加了葱花的沙茶酱里看到他新女友的小蛮腰；我去吃寿司，不小心把最后一个寿司掉在地下，那四下散开的米饭里都是他女友的巴掌脸；我去海边的小餐馆吃辣炒田螺，眼泪禁不住啪嗒啪嗒地掉下来，因为我在那一个个小到可怜的田螺里，忽然看到了那姑娘可爱的肚脐眼。

2

那时候的我是什么样子呢？我身高1.58米，体重135斤，五五分的上下身比例，身材比长相更加吃亏。可是那又有什么办法，吃，在我的人生中占据了不可取代的地位，我是在那闻着都会发福的油烟味里度过最美好的青春年华的。

学校门口5块钱满满一饭盒的豆芽炒面，走5公里排大队去买的椰香蝴蝶酥，夜市里3块5一大把的炸鸡柳，小餐馆里色泽鲜艳的锅包肉和麻辣小龙虾，还有来自我爸妈打不败的肥胖基因……

起先，我把自己的脂肪隐藏得很好，后来眼看着就像怀胎6月的孕妇一般的身材，就再没办法隐瞒下去了。去照艺术照的时候，那位摄影师因为找不见一件适合我穿的衣服而面露难色地说："看起来也不是那么胖啊，怎么这么藏肉！"也有坏心眼的姑娘在我吃完第二份分量十足的熏肉大饼时故意抬高音调："天哪，你吃这么多，怪不得胖哦！"再后来连下楼倒个垃圾，邻居大婶都能意味深长地说："你这么年轻，大腿后面怎么都是橘皮呢？赶紧减肥吧，别让你妈操心。"

于是，我气急败坏地为了证明一个胖姑娘的自尊，就和一个喜欢我很久的男生恋爱了，可是又很快失了恋。那是个非常善良的男孩子，他走的时候给了我一个拥抱，诚恳地和我说："对自己好一点儿，胖一点儿有什么错，不要折磨你自己，一个人的时候你要照顾好自己啊。"他看起来是那么不放心，走的时候又再次回头叮嘱我，"你要照顾好自己啊。"那一刻我觉得如果我追上去从背后抱紧他，他一定会转过身跟我说："你要好好的，咱再也不分开。"

可是我没有，强大的自尊心让我在原地站得笔直笔直。我相信他离开我并不是因为肥胖，尽管他瘦得像根竹竿，和我一点儿都不般配。我想他大概是厌倦了我饿极生悲的脾气和每次吃完饭都去抠嗓子眼儿将食物吐出来的强迫症。

很多年过去，我才渐渐理解，那种由深爱一点点变成无奈的行为，是因为我先不爱自己，他才无法再爱我，这并不是他的错。

我没有听他的话，继续折磨着自己，喝泻药般的减肥茶，吃不明来路的减脂胶囊，可这并没有变成一个励志的故事，那些形状各异的脂肪，继续在我身上踏踏实实地存在着。

有时，我决定和它们携手共度余生，有时又骂自己为何不能瘦过前任们的现女友。我的胃经常抽搐疼痛，脸色铁青，贫血严重，我越来越不开心了。

3

有一天我在春天里走着，忽然哭起来。那天明明天气很棒，气温很暖，周围的人都很友好，可我是那么不开心，我忽然想减肥了。因为哭着的时候我仿佛听见自己说，你不要再胖下去了，你还年轻，还有那么多美好的事情在等着你。

女人往往是在一瞬间下定决心的，不管是减肥还是忘掉一个男人。

我似乎忽然间就变成了一个斩钉截铁的女人，想要狠命地认真下去。我丢掉大把大把的减肥药，不再期待有什么灵丹妙药会让我一个晚上就变成轻盈的少女。

对于减肥这件事，我开始对它抱有无穷的耐心。我想起那个善良的男孩子在离开前一再叮嘱我，"你要照顾好自己啊"，我决心去实现一个搁浅许久的誓言。

我做瑜伽，做到汗流进眼睛里；我走很多路，经常独自步行七八公里路；我开始跑步，跳上了跑步机，从400米就喘粗气的体质跑成了10公里不败；我开始节制自己的胃口，把一个凶狠的食肉动物慢慢调教成一个温婉的素食者。

我似乎真的一点一点地瘦下去了，那些顽固的脂肪不再出现在镜子里，我渐渐可以看到自己也有美丽的那一点点潜质。

我花了很久很久，才渐渐瘦成一个普通人，经历过嘲笑质疑和打击，可是我从未怀疑自己会到达这样的终点。因为减肥是一件多么美好的事情，它清空了我多余的情绪，令我爱上独处的日子，让我开始佩服自己的决心与意志。它让一件美好的事情伴随另一件美好的事情发生，这让我的人生重新充满很多很多的期待。

如今，我看着马路上走过的超重少女，心里还是会隐隐地产生悲悯的情绪。很多少女的青春期，都是被肥胖毁掉的。她们用一身赘肉来承担嘲笑、嫌弃和背叛，我就从那样的经历里一样不落地走过来。

可是我也会感激那段胖过的岁月，是一些人的离开让我格外珍惜如今的自己。在那些肥胖的日子里，我走过很多地方，拍了很多照片，也度过一段自觉相当灿烂的时光，我并没有自暴自弃地亏待自己。可是几年后，再掏出那些照片仔细瞧瞧那时的年少青春，总觉得那样的美景，是该配一副更好的模样。这份心情，便是我对人生的觉醒。

一个女人，可以被很多东西毁灭，爱情的背叛，友情的疏离，亲情的冷漠，可是最不可以被肥胖摧毁，那是你亲手把自己毁灭。

脂肪无法评定一个人的本质，但是它在某种程度上显示了一个人的决心、执行力以及对待人生的态度。

4

如今已经奔三的自己，看着为减肥备受折磨的女孩子，非常想对她们说，不要去相信一个星期只吃香蕉立减10斤的神话，因为那日积月累的饥饿就在为你的再次崩盘储存力量；也不要相信食物是女人最好的慰藉，因为那样的慰藉指的是在心情沮丧的时候去品尝几块昂贵的比利时黑巧克力，而不是把不明来路的廉价糖果大嚼特嚼。

减肥是一项长期的事业，需要恒久的耐心，这和生活的哲学有相似的地方：你要懂取舍，切勿贪婪。

几天前我的第 N 个前任结婚了，他和新娘的照片在朋友圈里几乎都刷了屏。

在我之后他真的找到了一份真正天长地久的爱情，当年那个姑娘和他一路走到了现在。我不再嫉妒他向她说过多少情话，只是给予沉默的祝福。她还是那样美好，依旧纤细，没有穿低胸的婚纱，气质高贵又优雅。很可惜就算是如今折腾一番，减肥成功学会化妆又戴上了美瞳的我，还是没有她那样的脸蛋和身材，可是至少在有限的青春里，我已经很努力很努力地成为最好的自己。

那一日，我跳上跑步机，用了2小时46分钟无间歇地跑完了21公里，以此纪念，我胖过的爱情与人生。

你努力变美，
不是为了配得上谁

1

我的女友琳在27岁那年遭到感情上的双重暴击。

一方面，她暗恋公司里的一个男同事，可每次借工作机会接近和暗示，他都无动于衷，甚至会对她疏远和厌烦；另一方面，18线县城的七大姑八大姨，张罗给她介绍各种相亲男，有一次她看到发过来的资料，写着"年龄39，离异无孩"，她哭笑不得，找妈妈申冤。妈妈说："你都27岁了，条件一般般，再过几年连这样的都配不上了。"

琳把我约到咖啡馆，一边大口嚼着提拉米苏，一边和我哭诉："我27岁，就业于世界五百强，是个自给自足的都市女白领，我读过那么多书也见过不少大世面，无非就是没有大眼睛、尖下巴，配不上我的白马王子也就罢了。到头来，她们觉得我会连秃头的离异中年男人也配不上？"

我夺过她手里的蛋糕盘子，看着她乱蓬蓬的头发、脸上清晰无比的痘痘和已经超标的体重，告诉她，把你用来愤怒、抱怨、委屈和沮丧的时间、精力，都用来让自己变得更美吧！

琳讶然："娜姐你也觉得，只有变得更美才能配得上更好的人吗？"

我说："别想那么多。先去报个减肥训练班，把体重降到100斤；去找我做头发那家5号发型师，给你设计个最适合你的发型；去本城最好的皮肤科医院，治好你脸上的痘痘。"

2

琳照做了。从此她下班之后再也没空参加闺蜜间的八卦会，她朋友圈分享的内容从鸡汤段子变成了健身房的自虐照，她认真学习起了健康饮食，再也不会吃掉三块蛋糕而毫无负罪感。

一年之后，琳跳槽去了业内最好的跨国公司，我去她位于东三环的新公司楼下等她下班。她神采奕奕地踩着7厘米高跟鞋翩然而至，穿着剪裁得体的职业套裙，脸上的笑容比春天的风还要暖。

我们挽着手臂去逛街，她已经瘦到了100斤，挑衣服的时候再不会每个牌子都试来试去地纠结，而是下手稳准狠，衣服穿到她身上就像刻着她的名字。

我问琳："你还觉得自己配不上他吗？"

琳淡然地笑："前不久确实约过他见面，他也吃惊地说我变化不小。可是我发现，我已经不那么喜欢他了。当然，他也没有因为我变美而爱上我。不过这对我已经构不成伤害和困扰。"

所以你看，变美的最大意义是什么？不是终于帮你打赢爱情这场战争，而是你会更爱美好的自己，会更松弛和自信，爱这充满烟火气的人间。

变得更美的你会发现，关于配不配得上某人的命题，在你心里早已云淡风轻。

3

姑娘也许会困惑，我努力变得更美了，他还是不爱我，又有什么意思呢？

戴安娜王妃那么美，查尔斯王子还是最爱卡米拉；你好不容易让自己的脸和气质，衬得上香奈儿的高贵精致，可是喜欢了3年的男上司，转身就娶了大学刚毕业的傻白甜。

前不久我被邀请去参加一个女性沙龙，沙龙的主办方老板是个30岁的单身美女。她长发如瀑，粉黛轻施，羽衣霓裳，明眸皓齿，像故事里走出来的古典美人。

我们捧着一杯清茶，在她雾气升腾、香氛缭绕的工作室里聊了好久，才发现每一个美好而强大的姑娘背后，都有过不堪回首的过去。

那一年，她发现相爱多年的男友有了出轨的迹象，对方比她年轻貌美。她不服气，报了瑜伽班、形体课，打了玻尿酸、肉毒杆菌，衣柜全部翻新，口红买了50管。可是，依然没有改变一段感情走到分手的事实。

我问她，后来你是怎么走出来的？

她说，是健身房里夜夜挥汗如雨，那盛大而绵长的痛苦，终于使失恋的伤痛变得不那么清晰。终于，在练出了马甲线的那天，她看着镜子里那个崭新的自己，发现已经没有什么能打败自己。

努力变美的过程使她变得勤奋自律。这些美好品质，也成就了她后来的事业。

当她变得很美，赚了很多钱的时候，不开心了可以飞到热带的岛屿去游泳；看过了富士山的雪和东京塔的白月光，也在南半球的森林里遇见过一场忽明忽暗的传说，她活得更释然、开阔和自由了。

女人努力变美的过程，就是逐渐接近开阔、自由境地的过程。

别小看一个女人30岁之后还能保持身材和美貌，那不仅仅意味着她热爱生活、勤奋自律，更传达着一个重要含义：不纠结、不沉溺、不认输，把眼光和精力从关注外界转向关注自我建设和成长，活得更美更自由，而越自由的女人就会越幸福。

因为她对幸福的理解，不再囿于一个小屋檐，或者一个小团圆，她主动拥抱那个更大更辽阔的世界。

4

当这个世界教女人变得更美去迎合直男主流价值审美观，并在婚恋市场保持竞争力的时候，我只想对我的女性朋友们说，你努力变美不是为了配得上谁，而是为了活出你自己生命的精彩、丰盛和自由。你若盛开，便不会在意清风何时到来。

当然，变美会为你赢得更多的机遇，更多的入场券。但是感情这种事并不会因为你有倾世容颜，就会给你终身幸福的权利。

拥有好的感情需要什么呢？需要你在婚前拥有选择和判断的能力，婚后拥有经营关系的能力，以及面对变故时，处理危机、化解伤痛的能力。除此之外，还需要那么点儿运气。

我身边那些对变美这件事不松懈的人，无论20岁、30岁还是40岁都是对自己的脸和身材高标准严要求的女人，她们活得更自信、从容、自由，不管感情处于什么样的状态，她们都不会放弃对生命的探索和热爱。

你努力变美，不是为了配得上谁。你努力变美，整个宇宙都会接收到讯息，吸引更美好的事情到你的身边来。

不信，你试试看。

我知道你很诱人，
但是我不要

1

　　我和好朋友吴惠子都有着多年的"战胖"史，虽然我觉得她现在是一个走两步路就会被大风吹走的瘦女孩儿，但昨天的她也在试衣间因为拉不上裙子的拉链而哀号了一路。

　　变胖实在太容易了，要瘦就得千锤百炼。

　　我时常觉得我们是这个世界的食客，不仅对食物是，对其他一切都是。

　　我们挑选好看的衣服，从购买方式到金钱取舍，从款式颜色到搭配法则。我们挑选迷人的景色，从路途远近到抵达方式，从自然风光到人文古迹。我们也挑选生存方式，从肆无忌惮到生存法则。我们也挑选陪同伴侣，从不甘寂寞到宁缺毋滥。

机会成本一遍一遍纠正着我们的选择方式。直到有一天，我看到满柜琳琅的糖果，各式各样的焦糖、椰蓉、巧克力，似乎隔着玻璃就能闻见香甜的芬芳。

我把它们拍了下来发给惠子。

她回复：我知道这很好吃，但是我不吃。

我收起手机，对服务员摇了摇头。

对啊，我知道你很诱人，但是我不要。

我想我们终于学会如何在这个世界上当一个合格的食客。

有些好吃的我确定它很好吃，因为我吃过，那种萦绕舌尖的味道我永远忘记不了。但我也知道，吃完的结果是拉不上裙子的拉链。就像有些很喜欢的人，我只愿意远远看着，我确定自己很喜欢，但绝不靠近。因为靠近过后的哀愁，我承受不了。

终于学会对喜欢的东西说不，大概就是成长的意义。

2

这世界繁华多样，再也没有和谁一条路就到白头的期盼。因为我们开始学会独自走更远的路，让生命变得有长度，独自丈量的温度不会像赤道一样灼热，也不会像北极一样寒冷，不温不火或许很难熬，但是更长久。

如果你也是这样一位"食客"，总在选择和尺度之间纠结徘徊，凡事喜欢"过把瘾就死"，要么冲刺拿第一，要么干脆就不跑，只要你能承担随之而来的后果，那么一切都是自主选择的快乐。可是，当有些不能承受的后果预先出现时，希望你能好好想想取舍，再作决定。

年轻真好，不怕受伤就像不怕发胖。

享受过程因为还有大把时光来拯救过度的消耗，所以我们胖了又瘦，现在终于学会对明知道"不合适的甜美"摇头 say no。

道路永远平坦多没意思，但是学会绕弯的同时也要知道何时咬紧牙关狠下心来返回正途，胖是错吗？喜欢一个不喜欢自己的人是错吗？或许不是，但是它很麻烦、很恼人，甚至让人忧虑，你都知道的。

你问我过得好不好，
我用身材来告诉你

1

年底要出版新书，编辑打算用我的照片做封面，我也终于招架不住闺蜜们怂恿，约了摄影师拍了一组照片，而不是只用手机自拍了。

结果满意的照片却很少，为什么？因为身材只是不胖，但还是不够美啊！

生活中看起来不算胖的人，一入镜头就还是会显胖一圈，我们当然不必像演员那般严苛要求体重，但在保证健康的情况下，依旧要保证自己的身材看上去是舒服的或是漂亮的。

我个人的经验是，一旦多出肥肉，减肥就成了难上加难的事，不如养成健康的饮食和运动习惯，任何年龄都不要发胖，让保持漂亮的身材成为我们的生活习惯之一。

女人的腰围和小腹，是少女和大妈的分水岭，必须誓死捍卫。

前段时间多年未见的女同学来北京，当年是校花的她，如今脸部皮肤和状态保养得还不错，腰腹部却发福明显。她去年开始快步走减肥，体重下来了10斤，但腹部赘肉难消，仰卧起坐一个也做不起来，锻炼腹部肌肉最简单的抬腿运动她也不太了解。

减肥，首先不光是要瘦下来，还要让自己的身材比例变得更漂亮，肌肉健美、皮肤紧实、气色红润和体力充沛，这才是一个健康瘦美人的标准。不然，即便你瘦成了一道闪电，也不是美！

如果我们的身材已经发胖，个别部位严重的话，除了管住嘴，还要通过一些针对性的运动来重新塑造身材，远不是饿几天或是跑几天，抑或是依靠什么减肥产品和工具，就能让你达到目的。

如果你的身材并不胖，也没有局部赘肉的困扰，那快步走、长跑、游泳、跳绳、瑜伽等任何运动，都可以帮助我们健身和获得心灵上的愉悦。

身边有些女性朋友，穿上合身衣服的时候自己也能看出，没有了小蛮腰身材就缺失了好看的线条，小腹凸起码数就得加大，坐下的时候姿态变得臃肿没有了女性的妩媚。这样的身材看上去至少不年轻，着装也会有诸多限制。

很多女人试穿衣服时常说一句话："这件显胖。"其实不是衣服的事，而是自己还是有点儿胖，不然穿任何款式和颜色，你的身材还是少女，你就还是少女。

设计师 Caro Lina Herrera 年轻的时候很美，一生过得传奇，白衬衫一直是她的标志性穿着。她说："白衬衫是我生命的一部分，它总是看起来很清新简单，同时又时髦性感。"

只是用白 T 恤和白衬衫搭配一条牛仔裤，就能穿出时髦和性感，这需要的是一种什么样的身材？现在的她已经76岁了。

如果我们失守了腰围和小腹，首先放弃的就是一袭白衫搭牛仔裤，这才是少女的范儿。

2

我写过很多篇有关减肥和保养身体的文章，对不吃或是少吃晚饭这件事也和大家讨论过，或许很多女人做不到，但这是控制腰围和小腹不长赘肉的最好办法，没有之一。

即便如此，我们还是要有针对性地做些锻炼腰腹的运动，如果是在减肥后，这些运动可以紧实皮肤不显松弛。不需要减肥的女子，能练出马甲线就更好不过了，这绝不是瘦就能够拥有的。

不吃晚饭需要循序渐进的一个过程。午餐过后，下午3点可以用下午茶来补充身体所需能量；晚餐时先不吃主食，再慢慢过渡到只吃清淡的汤、蔬菜和水果；如果你晚上运动量大，不减肥只是为了健身的话当然可以吃晚餐，不在深夜暴饮暴食。

偶尔刷夜放纵饮食我也会有，但事后还是要恢复节制，不要经常只图嘴上痛快。

如果不是自己嘴馋，怕寂寞，或是贪便宜，我们大多数人远没有那么多必要的应酬和有用的社交。

摄影师的镜头下暴露出我的腰围还是不够苗条，穿紧身小衫胃部还是被撑得满满的，于是我新一轮的减肥运动计划又将开始。

首先就得少吃，然后才是运动。不忌嘴就怎么都减不下肥肉，不运动就不会有紧实的肌肤，不要再自己骗自己了。我又要开始每晚公众号更新的这个时间，饿到心里都没着没落，反复和冰箱较劲的日子了。但一想到我将拥有小蛮腰，穿什么款式和颜色都轻松无压力的时候，还是会忍了，因为我曾经捍卫过我的腰围和小腹，并且尝到了甜头。

我不太能理解怎么都不肯减肥的人，很年轻就腰围长过了裤长，肚子胖过了老年妇女，在管不住自己嘴又迈不开自己腿的人生路上持续变丑，还连累了身体健康和情感走向。

你连真正为自己好的事情都做不到，声称为工作和别人付出再多都没用，不要去浪费这种时间了，免得越做越招人烦，越做自己越焦虑。

3

长年坚持跑步的女友说："最难的时候，就是你穿好跑步的衣服和鞋子的时候，但当你在清晨的朝阳下，或是夜晚的月光中跑出家门的那一刻开始，一切就都会变得容易起来。"

现在的一个决定，明天立马就去做，只要后天天没塌下来就坚持做下去，改变就是这么简单。

很多事情都是这样，我们过于依赖已经养成的某种习惯，哪怕已经成为一个坏习惯，也抱怨着又将就着得过且过。

改变原本不难，那么多人说自己就是做不到，或是坚持不下去的原因在于：你接受不了不能改变的结果，也改变不了能改变的事情。

除了懒惰是万恶之首，能力和智商都会在一些关键时刻掉链子，即便如此也并不代表你改变不了自己就是无辜的。因为能力通过个人努力会得到提升展示机会，智商也会通过多读书少说话得到提高和修炼。

当女人开始誓死捍卫自己的腰围和小腹，跨越年龄也能够保持不变的时候，我们就拥有了一种最卓越的才华，不需要说话就能最先抵达别人的面前。轻盈的身材来了，漂亮的衣服来了，美好的心情来了，更神奇的遇见也会跟着来了。

一别经年，你问我过得好不好，我用身材告诉你！

美貌从来不是小 case，
而是大本事

1

　　我的瑜伽老师，是一位非常漂亮的女孩儿，肤白貌美大长腿，翘臀美胸好身材。每一次去上她的形体瑜伽课，和她一起对着镜子，各自审视，我都会觉得自卑已至极点，平常嚣张跋扈的气势也荡然无存。

　　没办法，谁美谁有理。女人哪有什么天生自信，不过是暗自较劲儿，看谁能烈焰红唇气场全开。

　　每每和她一起出街，看她高达99%的回头率，我认输了，当然嘴上得找补一下。人是一种心安理得的动物，自身不足，皆可归于上天造物不公，所以我努努嘴，"不就是老天赏饭吃，白给了一副好皮囊？也没什么了不起的"。然而，这话打脸了，在她给我看了她N年以前的照片之后。

没有艳光逼人，只有大跌眼镜，区区若干年间的云泥之别，让我怀疑自己的眼睛出了毛病。一是胖，身上赘肉横生，别怀疑，你们肚子上三层的游泳圈，这样的大美人也是拥有过的。二是整个人没精神，头发乱蓬蓬，衣着不讲究，想来是因为对自身颜值不满意，所以没心情打理，一路这么差了下来。

我抱着她的照片哈哈大笑，闺蜜间的互相比较又暗自庆幸，你们懂的。最重要的是，信心倍增，丑小鸭都能变白天鹅，我这种自视为白天鹅的人，还不得美上天？

所以，她怎么变美的，我踩着她踏平的路，来呗，谁怕谁。就这么着，原本每天一小时而且我说撂挑子就撂挑子的瑜伽课变成了每天两小时。

早上睡懒觉的时间，变成了3000米晨跑。一周要被她拽着去两次游泳馆。

17点以后，哪怕饿得受不了，也只能忍着美食诱惑，喝一点儿蜂蜜水。我以前是习惯熬夜的，现在，由不得我有这种习惯，因为每天都累成狗，很快就进入了睡眠状态。

每个周末陪着闺蜜到处浪，不用去健身房，不用上私教课的那一天成为我最享受的一天，各种吃，各种懒，各种玩。

我对自己的坚持非常满意，何曾为了美这件事情这么拼过？当然效果也显著，赘肉少了一层，皮肤更紧致了一些，美胸翘臀这种词儿也算和我沾边儿了。

你们也一定觉得我够生猛了吧，才怪！你知道吗，当我每天晚上睡觉前以懒散的姿势看电视剧的时候，我那个变态的教练兼闺蜜，一边看着电视，一边做着平板支撑。

那一刻，我觉得我彻底输了。

我内心存着一股劲儿，想要和她比美，却忽然发现，美这件事情，早已成为她的习惯。我的坚持是较劲儿的，她的坚持则是自然呼吸，所有关于美貌的习惯养成，已然成为她的血液，无须强撑，心无挂碍。

这就是美一阵儿和一直美的区别，前者是不服输，后者是不会输。急不来，没有多年的修炼，这样自如的美，求不得。

虽然认了输，但和她一起坚持变美的这段时间，收获颇多。

2

20岁的时候，我对美貌这件事，是没有什么概念的。自觉容貌清丽，无须粉黛，亦能光彩照人，偶尔被人夸句好看，特别嘚瑟地回一句：天生丽质，爹妈给的。及至如今，一不小心晃悠到了30岁，发现美貌这件事：老天说的不算数，爹妈给的要收回，一切全凭自身本事。

比如，我这个曾经不美，现在美翻天的瑜伽老师。再比如你多年未见，曾经嘲笑她为丑小鸭，却在某年某月同学聚会时，忽觉眼前一亮的某个同学。

时光最易反转结局，当年的光彩照人，也许一不小心就悄然失色，曾经的黯淡边缘，也完全有可能万众瞩目。

结局变换，得失之间，凭的从不是天分，而是勤勉。世间大多美貌，并非天生，而是后天经营得当。

所以，千万别小瞧一个长得好看的女人，尤其是那些你从她脸上看得出岁月的痕迹，但仍然美得夺目的女人。

因为我美过也丑过，胖过也瘦过，放弃过也坚持过，所以我非常明白那些美貌的女人，她们从身材到那张脸，从饮食到健身，都藏着一种极为可贵的品质——自律。

她仍然紧致的皮肤，她得体的衣着，都显现着她们对自我的高度珍爱以及对自身的高标准高要求，那一份美貌里，潜滋暗长着敢与老天试比高的自信，悄然迸发着一个女人岁月面前节节退败却偏要反败为胜的莫大勇气。

天生长得美，并非一件难事，但日日与岁月厮守，与人间沧桑抗争，那份美仍然坚挺，未被击退，美了那么多年，就足以得见一个女人的韧性，而非任性。

千万不要吐槽一个女人：你不就是长得好看吗？有什么了不起的！

呵呵，美一辈子这件事，还真是了不起的本事。你以为顶级美人，是那么容易当的？

睡前护肤的十八般工序，一点儿都马虎不得；一日三餐要吃得好，又不能吃得多；行走坐卧，要优雅大方，不能随随便便跷起个二郎腿；穿衣打扮不管人前人后，都要精致美观；说话不能大声，吃饭不能有小动作；有体面的工作和朋友，有顺遂的事业和婚姻，有说得出口的学历，拿得出手的才艺；每天都要打起十二分的精神，像是从红地毯走过一般。

所以，没有一股子狠劲儿和韧劲儿，这顶级美人的位置还真坐不稳。

3

舒淇的风情，令人痴迷，但你可知，40多岁始终少女身材的她，数十年如一日，坚持饭后靠墙站立半小时，所以才有那样性感妖娆的美背。

林依晨的少女感，让人羡慕，但你可知，很多年来，她始终坚持晚上9点睡，早上5点起，在熬夜、睡懒觉已成习惯的当下，有几个人能长期做到呢？少女感的背后，藏着令你感觉痛苦的自律。

被人称赞美了一辈子的名媛唐瑛又如何呢？

她的自律和精细，已达登峰造极的地步。饮食时间上，精细到了何时早餐，何时下午茶，何时晚饭。就餐时，不能随意摆弄碗筷，举箸拿碗要极其轻柔，不发出声响，食不能言，寝不能语，汤要散热了才喝，不能用嘴去轻吹汤，因为不优雅。穿衣打扮，不管出不出门，都要大方美观，不出一点儿差错。

累吗？痛苦吗？当然，但这么一路坚持了下来，美貌就长牢在骨子里。

你以为她为美貌牺牲良多，毫无自由，却不知那些你忍受不了的苦累，只是人家的日常。

美到无所谓死扛，自动收纳清风明月，轻松应对所有坚持，这才是高段位的美。

真正的美，是有灵魂的。不会仗着天生那点儿运气，从此偷懒耍滑，不会以美为筹码，去换一些无谓的虚荣，一手好牌打得稀烂。

真正的美，是一路捡起所有的难堪，咽下所有难啃的骨头，然后从岁月里，提取独属于自己的那一点儿精华，认真地、精致地、持之以恒地体面过一生。

真正的美，你一定能从美貌背后发现一些品质，也许是自律，也许是认真，也许是坚持。

20岁的美别骄傲，不虚妄的美了一辈子，才有资格怒怼所有质疑：是的，我没什么了不起，只不过越来越好看了。

有一种成就叫作：
我能穿下10年前的衣服

1

我天生不属于身材瘦小的那类女生，从小就得益于"能吃是福"的观点，左手主餐右手零食。

大概持续到13岁，直到我数次表白隔壁家的男同学屡遭失败的时候，方才醒悟，哦，原来这个世界是不喜欢胖子的，所以我发誓要瘦下来。

我偷偷喝过电视上的减肥药，偷偷扔掉我爸妈给我准备的夜宵，每天嚷嚷着要减肥要少吃，如果那时候就有微信朋友圈，全篇的内容肯定都是我要减肥我要少吃之类的语录。

而后瘦下来是因为再次表白，遭到了惨无人道的拒绝，大哭了一场，两个月后，以瘦子的面貌走进课堂。至今还记得，瘦下来的第一天走进教室时，班里的男同学问我："你吃泻药了吗？"

高中的三年，持续减肥，不再吃减肥药，热衷跳绳和跑步，哪怕在高三学习压力极大的那一年，我也坚决晚餐只吃蔬菜和水果，并且还热衷于针灸。

还记得，盛夏的时候身上涂抹着当时甚是流行的辣椒减肥霜，浑身绑满了保鲜薄膜，在最热的时候跳绳和跑步，等我跑完步撕下保鲜薄膜，浑身都是发烫的，仿佛在火里灼烧一般。

而当时跟我约着一起减肥的女生，却把力气花在了喊口号上。事实上，大部分大肆声称要减肥的人都是减不下来的。

所有的逆袭，大多会悄无声息地完成。

真正要达到目标的人，不嚷嚷不废话，更没时间关注别人的瞎叨叨，我从不去知乎上看别人减肥的对比图，不去哀叹自己一身的肥肉，我只知道我要瘦下来，只能闭嘴开始执行。

从少吃开始，忍住这世界万千美食，那时候有一次特别馋一种点心，买回来咬一口，尝到味道吐出来，然后把剩下的狠心扔到垃圾桶里。那个阶段最爱做的事情是逛超市和熟食商店，我闻着那些味道，仿佛自己吃过一样，走过一圈商店，然后摸着肚子心满意足地离开。

我跑步、瑜伽、力量训练，能练的统统都去做了尝试，一三五瑜伽，二四六跑步，反正能尝试的都尝试了，从平板支撑1分钟就喘不过气，到现在我有了自己的马甲线。

2

人生艰难的时刻那么多，至少我的姿态要好看。

因为没有上海市户口而屡屡被单位拒绝的时候；为了一份实习工作跑到上海面试几百次的时候；住在上海的旧房子，夜里一个人起来打老鼠，带着恐惧入睡的时候；被投资人拒绝说"我从来不投女人"的时候；稿子写不出来的时候……

那些生活里被拒绝、被打击、被质疑的时刻，我就会去健身，在跑步机上奔跑，举哑铃，做平板支撑，累到气喘吁吁大汗淋漓的时候，冲完澡重新站在镜子前，我又是一条好汉。

变瘦，不是单纯的体重减轻，而是我与生活无声斗争的缩影，我是一个废话很多的人，但真正遇到事情，不管是写文章、创业还是减肥，我都会盯着目标，闷声不吭，死扛奋斗，拼死努力，直到获得我的那份成绩单。

我减的不是肥，是对生活的抱怨、不堪、曲解和苦痛。

我获得的也不只是马甲线，是对生活的骄傲、斗志与激昂。

如今的我，依然可以穿下10年前的衣服，骄傲的不是10年未变的身材，而是我心底的力量，自我的修炼；不只是身材，更是对事业、婚姻、家庭的执着追求，它反映在我的外在就是我对身材的执着追求。

我知道前方的路很难，但是我永远都会在低谷时低头跑步，然后穿上漂亮的衣服，迎接一路上的暴风雨，见到属于我的柳暗花明。

后天美女从不敷衍自己

1
——

　　周末写完一篇稿子，额头长几个包，眼角有下垂的征兆，吓得我立马放下手头工作，拎起包包往之前办了 VIP 卡的美容院跑。

　　美容院的美容师态度极好，她们让我躺在美容床上，用中指和食指肚纯熟地按摩我的太阳穴，接着一边用无名指蘸上眼部精华在我的眼肚和眼尾打圈圈一边用温柔的口吻问我："你究竟有多久没细致保养，你的后颈部长出了很多细小的粉刺，头发也很毛糙。"

　　以前我每次来做护理，她们都表扬我皮肤白白嫩嫩，虽然我并非天生丽质难自弃，但靠后天勤奋补救的颜值还是让我挺骄傲的。

　　但最近因为太忙而懒于护肤的行为，让我的皮肤状态非常差。

　　近日忙着写新书及更新公众号，在护肤上不小心走了粗犷路线，以前天天敷面膜，现在一周才让自己享受一次，以前我梳头发动作慢悠悠，从头顶梳到发尾，一天大概也会打理二三十次，而现在如果不用上班，我都几乎草草梳理一下就蓬头垢面地写稿。

不用心收拾自己的人，连日常生活也跟着变得邋遢起来。

这周当我痛定思痛重新整顿自己时，精气神好不容易才回来一半，看来想要时刻又美又自信，就别随便任性。

我见过的那些后天美女，个个都是在护肤上不苟且偷生的勤劳小蜜蜂。

我最佩服一位大学舍友对皮囊的用心良苦，她并不是我们宿舍里五官长得最好的，却靠着后天的努力，让白白嫩嫩的皮肤独领风骚。

大一军训，我们个个都晒成"包青天"，她也不例外，但不到半个月，她就妙手回春地把自己变白了，而我们其余人还在变白的路上力挽狂澜。

我当时观摩过她的变美变白路径，她的护肤过程真的比我们用心多了：早上她会喝一大杯青柠蜂蜜水，排毒又美白；晚上会选择喝牛奶，促进睡眠又美白。出门时无论阴晴都会涂抹防晒霜，她说防止紫外线就等于变白，等于成功了一半。

她每天都会敷面膜，身为学生没有多少钱，就买屈臣氏里十块钱一张的面膜，她还会买一些原始材料回来自制面膜，比如，切薄的青瓜往脸上敷，买一瓶纯牛奶，喝剩下的用来做牛奶面膜，敷完脸部敷颈部。她每天从起床到睡觉前都会郑重其事地完成每一个细小的护肤动作，绝不敷衍。

比较之下，我们三天打鱼，两天晒网的护肤习惯弱爆了，所以大学4年她的皮肤状态一直遥遥领先。

最怕那种天天喊着要变美变瘦的人，在管理皮囊和身材上却自暴自弃。

比如，有位舍友身材已经胖到让自己忍无可忍了，但是面对美食，她会自我安慰说，吃了才有力气减肥，于是她一直胖到天荒地老。

想要变成后天美女，喊口号并不能让你梦想成真。

相反，在护肤的细枝末节里兢兢业业的人，让变美成为一种习惯的人，才最有可能突围而出，心想事成，美成自己喜欢的样子。

2

我有个怪癖，跟别人互动时，第一眼不是盯着别人的眼睛看，而是盯着别人的手看，尤其是女性的手。

因为手最能说明她是不是个懂得护理、生活精致的女人。

有一次跟一位长辈见面，我们在酒楼吃饭，整个过程中，我被她光滑柔嫩的手指吸引，她已经是将近70岁的人了，但是双手保养得极好，完全没青筋，没斑点，没横纹，涂着浅白色指甲油的手指在灯光下更加白嫩，让我都不好意思把自己的手伸出来。

她的头发明显经过精心打理，脸部没老人斑没皱纹，夸张到连额头纹也没一条，只有眼角出现了几条鱼尾纹。

长辈年轻时并不算美女，却越老越有味道。她在事业上奋斗了一辈子，现在仍然是一家公司的董事长，平日管理着千军万马，日理万机，但是她脸色一点儿都不憔悴，反而神采奕奕。

好想窥探她的保养秘籍，但是在席间又不好意思，后来中途我俩上洗手间我才略知一二。只见她洗完手，用纸巾擦干后，立马从包包里掏出护手霜，细细地抹完左手抹右手，连指甲边缘的地方都认真地涂抹。

我趁着她补妆的时候，赶紧夸她保养得好。

她很开心地说，平常无论多忙都会做保养和煲汤，各种调理美容的汤汤水水轮番上阵，比如，疲劳时会炖牛奶燕窝，熬夜后一定会煲花胶鸡汤，冬天煲温补的汤、夏天煲清热的汤，一年四季都有不同的食疗方法。

虽然她现在岁数渐大，但对保养护肤的追求依然高标准，就像她对待事业的态度一样，每次见客户都会妆容精致、大方得体，让人觉得备受尊重。

从内而外地对自己不敷衍的人，才最有资格美到长命百岁。

3

最近因为要准备采访一位时尚杂志总编，边做她的功课边惊叹，原来她不仅对时尚有独到的见解，在保养护肤方面也是佼佼者。

舍得在自己身上花时间精致打扮用心保养的女人，别人是看在眼里的。有智慧又有美貌的女人，人见人爱。

总编在博客里说，她的皮肤真正好起来是30岁后。在她的书里透露了更多她的保养细节，比如：为了保湿皮肤，她每天都会喝10

杯水以上；她喜欢在包包里随身携带保湿喷雾，这是急救皮肤的好办法。她的电脑附近和寝室会安装"吞云吐雾"的加湿器，让自己每天都沉浸在湿润的温柔乡里。

她还谈到一个护肤秘诀，我简直要用小本本记下来，她说换季要记得换护肤品，她每个季度都会更新梳妆台，而且地理环境不同，她护肤的方式也不同。想想我自己一年365日都用同一种护肤品也是相当惭愧。

在书里，她还加粗重点地说，她无论去到哪里，面膜天天都敷，防晒日日都做。佩服她的护肤之道，更欣赏她对皮囊精心打理的态度，就如她打理时尚杂志一样一丝不苟。

前半生的美貌靠基因，后半生的美貌靠自己。

30岁后快马加鞭地保养也不会迟，用心人天不负，尤其在护肤这件事上。

千万别低估那些有能力在后半生让自己容貌逆袭的女子，她们分分钟有能力把自己的命运也逆转。

那些从不敢敷衍皮囊的后天美女，她们也不会敷衍自己的命运，在一步步精心打理自己身体发肤的同时，她们的人生也一步步被打理得顺风顺水。

在我看来，后天美女最配得上"美貌与智慧并重"的夸奖，因为在后天有能力变美的女生，她们从皮囊到思想都具有自律的慧根。

在我眼里，终生美丽并不是属于天生丽质的人，而是属于那些有智慧又有能力持之以恒变美的人。

别用 120 斤的体重，
去装几克轻的灵魂

1

我在年轻一点儿的时候，完全不用考虑胖瘦问题，和密友相约去吃饭，一顿又一顿，海鲜、烧烤以至于油腻腻的烤鸭，狼吞虎咽塞进嘴里。一两年下来，仍然瘦，旁人说："呀，你怎么吃都不胖的呀！"

我心里沾沾自喜，觉得老天赏脸，给了一副好皮囊。

谁知一过了25岁，好时光大不一样，不仅胖了，连体质也发生了变化，现在多吃几片肉，体重就嗖嗖嗖往上涨。

从25岁到27岁，两年之间，我长了18斤。上天曾经恩赏我的，现在统统拿了回去。当然心有不甘，一个女人，但凡美过，就再难接受自己变丑的样子。

胖，之于我，唯一的好处是省钱。

和闺蜜逛街，商场里挑来挑去，一件衣服都没买。闺蜜说，你穿那件挺好看的啊，她不知道，当我站在镜子前，看着自己小心翼翼靠衣服遮挡起来的赘肉，是一种怎样的绝望。不不不，当年很瘦的我穿起这件衣服来，应当是瘦而仙的，绝非现在这个样子。

赶紧脱下来，逃离那种沮丧。

再也不穿白裙子，那是瘦子的高级定制，胖子穿了只怕露怯。不仙不美且不说，总感觉自己像是披了块抹布。

买衣服永远都让售货员拿 S 号，告诉自己，绷紧一点儿，还是能穿上的，结果撑坏了人家衣服的拉链。偶尔听到别人说"你穿M号更合适"，就非常难过，根本顾不上面子，急急抢着告诉人家："我只是最近胖了，以前瘦得很，早晚会瘦回去的。"

谁说好汉不提当年勇，好女亦不应提当年瘦如修竹，倾国倾城。

我喜欢的艾掌门说："那么辛苦地变漂亮，可千万不能丑回去。"真的，没什么比一个女人"毁了容"更恐怖。

如果你胖过、丑过，你一定懂这里面的辛酸。

2

后来，我对自己说，不行，必须瘦回去。灵魂才有多重，绝对不需要太重的身体去装。

自然，变美很辛苦。譬如，我大学时代的闺蜜得知我要减肥后，给我定了几条规矩：坚持不吃辣，坚持不熬夜，吃饭七分饱，多菜少肉，坚持跑步，就算不跑，至少饭后散散步。

说说都很简单，真正实践起来，太要命。比如嘴瘾最难戒，一顿麻辣小龙虾就能把我半个月的努力打回解放前，比如熬夜已成习惯，很多文字不到深夜完全写不出来，至于跑步，对于我这种"饭后倒重症患者"就更别提了。

以前天然瘦，不知道控制体重原来这般艰难。和闺蜜抱怨，"瘦，是一件这么痛苦的事情吗？"被她一句"不然，你以为呢"呛得无话可说。

我的闺蜜就很瘦，瘦不稀奇，关键是稳定，她的体重几年以来都维持在一个数字，简直可用来检验体重秤是否合格。

也许你会说："可能她就是那种吃不胖的体质啊。"她不是吃不胖，而是从我认识她起，对于吃，她就控制得很严格。作为一个标准吃货，我常常对此百思不解，怎么有人可以面对一桌子美食，却依然保持小龙女一样的"冷若冰霜"？她吃饭是真的吃到 7 分饱，只要到了这个量，无论你怎么引诱，她都不会上钩。

这种近乎残忍的自律，使她的颜值始终维持在高水准。当然羡慕啊，但是回过头想想她对自己的狠，又觉得这种美，真不是羡慕就可以得来的。

人人都觉得胖最痛苦，但其实胖最痛快，不用克制，不用自律，无非就是后果自负，但若你能看开，不在乎别人的眼光，不过分苛求外貌，这后果也没什么负不起的。

瘦，恰恰相反。那些看起来的很舒服，别人永远不知道经历了怎样的束缚。不经九九八十一难，谁能取到瘦之真经？变瘦的过程中，无数次与欲望博弈才是最痛苦的。

人都有惯性懒惰和拖延，自律并不是一件容易的事情，如果没有强大的精神支柱支撑着，自律这条路，常常会轰然坍塌。

难怪别人说：一个女人若能管得住嘴，迈得开腿，还有什么不能做到的？

3

　　我特别喜欢亦舒笔下的都市女郎。不管是《流金岁月》里的蒋南孙，抑或是《玫瑰的故事》里的苏更生，都是很让人尊重的职业女性。

　　她们有才华有学识，有叱咤职场的能力，深谙世故却不囿于世俗，在芸芸众生中有静坐一旁、芳华暗度的独特气质。水晶心肝玻璃人儿，为人八面玲珑，有推己及人的气度，处事行云流水，有不容瑕疵的严谨。事业当然不逊于男性，十之八九做到高层是因为感情上不拖泥带水，男欢女爱，缘来缘去。

　　如此有能力，偏偏都瘦且好看，容颜秀丽，身段纤细。

　　亦舒常说，美要美得有灵魂。

　　可究竟什么是美得有灵魂，我想美出灵魂的样子应该就是内外兼修，内修一身才气，才能外修一身仙气。

　　美出灵魂的样子应该也不能太胖，准确地说，是当你想瘦的时候，有能力瘦下来。胖瘦之间的转换，考验的是一个女人的自控。

　　最怕你控制不了这人生的疯狂，把体重飙到120斤，把灵魂压缩到几克轻。

　　灵魂要修炼，体重要修减。不要以为腰围只是多了一寸，体重只是增了一斤，如果再不控制，你的灵魂会越来越轻。

　　真的，当你从胖修炼成瘦，你就会知道你是一个多么了不起的人。因为，所有变好的过程都是挣扎痛苦的，你能保持美好姿态，是你的灵魂在支撑。

　　你真的要相信，只有爱自己，才会更好命，只有自律，才会更自由。不要太早放弃自己的美貌，那样灵魂也会走了样。

瘦，
也是一种很努力的生活态度

1

我住在北京城东边的一块繁华之地，却因为前后的两个公园，住宅区也拥有了一方闹中取静的闲适，多出了生活的气息。

小街拐角的咖啡馆最热闹的时间是上午和下午，一过晚上6点就没有多少客人了，而周边的住宅里会逐渐亮起一盏盏灯火，是大家回家做晚餐享受生活的时间了。

我喜欢下午去咖啡馆小坐，傍晚再从旁边的超市买些蔬菜、鲜花和牛奶回家，白天是我个人的时间，晚上则属于家人。

附近有健身房，还有大型运动场馆，所以常能看到运动结束后的男女，也来咖啡馆里喝上一杯小憩片刻。

好多人都在说运动，但如果不能真正享受到运动后带来的快感，就很难坚持下去。

我喜欢打网球，在场地上跑动2个小时后，虽然大汗淋漓但神清气爽，同时这也是和家人和朋友互动交流的时间。不需要什么语言，我们一起运动一起健康一起瘦，就是殊途同归的美丽梦想，没有什么能比这个理由，更能让我们一直相亲相爱下去了。

咖啡馆门前，来来往往做运动的男女，几乎都拥有一级棒的身材。他们穿着运动短裤、短裙、背心、网球鞋，已不是简单一个"瘦"字就能概括的美。紧实的肌肉，光洁的皮肤，红润的脸色，连长发都洋溢着年轻的光泽，诱人的样子和实际年龄根本没什么关系，就是那么赏心悦目。

要知道，在北京这样生存压力巨大的城市里，能拥有这种生活态度的男女一定都是狠角色。因为他们要比别人更努力，才能去享受大都市便利的公共设施，才能去如此执着地关注身材和健康。

当我们跨越生存的艰难，迈入生活的门槛，之后还会遭遇举步维艰的时刻，于是有些人又回到了原点，越不安越焦虑，有些人则体会到了乐趣，越努力越安全。

每每看到眼前走过这样的男女，我根本不好意思说自己保持身材有什么辛苦，如果能换得这样的颜值和状态，我愿意一直在又瘦又好看的路上，努力到永不懈怠。

2

我身边的几位闺蜜也都是狠角色，公司里是独当一面的中高层，几位生活中还是辣妈，即便经历怀孕、生子、哺乳的过程，体重也可以在短时间之内恢复到从前玲珑的模样。我们常在一起喝下午茶，也发照片去朋友圈嘚瑟，看到满桌子的茶点也会有读者问："这么多你们都吃了，得胖多少啊？"

可我们谁也不会胖，因为每次相约下午茶，之前的午餐我们不吃，傍晚各自回家后晚饭也不吃。

减肥的过程不是什么都不吃，而是要管住嘴少吃，并且注重营养搭配。保持体重的过程中也不是让自己彻底放弃享受美食的乐趣，而是该吃的时候要吃，但不暴饮暴食，不吃垃圾食品。不该吃的时候一口都不吃，要狠。每天早晨称体重，体重上浮一旦超过 2 公斤，就应该引起重视，用尽办法也要回到对于你自己最标准的数字上。

看上去让自己一直又瘦又好看的过程好像很辛苦，其实你只要把"瘦"当成一种生活态度，做起来就毫不费力了。

看着那些原本就适合你的小码美裙靓衫，不需要多修饰更不用 PS 的自拍照，身边人惊艳羡慕的眼神，完全会忘记年龄的坦然，你就知道自己如此努力地瘦着，该是多么有价值了。

我不认为人分三六九等，但我们要做什么样的人有多种选择，我相信没有人会主动选择成为一个胖子，或许都是一不小心就胖了，又很难有减下去的决心。

可如果你不能选择做更好一点儿的人，那你的社会价值就是零，当你胖起来的身体也是一副充满负能量的样子，生活的美好一点儿也看不到，得不到别人的认同和爱，你的状态也会像雾霾天般丑陋到爆表了。

3

常常有人问我美好的女子是什么样子。

其实，无所谓一个人还是两个人，我们更好一点儿的生活态度就是：不需要任何标签，终于知道了自己的好，不浮夸，不张扬，不再需要被人捧，也不再需要很多爱。我们内心清楚明了："是的，我就是这么好，我已经在做一个更好的人了。"

也常常有人问我怎样才能成为这样的女子。

先从小事做起，穿干净的衣服吃自己做的饭，养好干枯的头发，保持标准的下浮5%的体重，交一个正能量的朋友，给自己疲惫的生活找一个英雄的梦想，或许是爱情，或许就是一个人也要有一个人的样子。彻彻底底和过去的苦乐伤愁告别，哪怕你暂时不可能摆脱往昔的得意，或是现下的困顿境遇，只要你作了决定就已经迈出了第一步。

美好的样子都是带着正能量的，有温度的灵魂才是我们活着的证明。如果这个世界还有什么能够看湿了眼睛和温暖了人心，那一定是因为我们自己。

自律的人生才有可能开挂

1

前几天出差，碰巧去了我大学舍友的城市，时间充裕，想着好久不见了，就约着一起逛个街喝个下午茶。

她叫小瑞。我一边等着她，一边刷着微博。直到她在我对面坐下来我都差点儿没有认出来她是谁。网上见过很多瘦身励志的故事，基本都是为减肥产品打广告的，身边真正从胖墩逆袭成白富美的真没见过。

但是小瑞真的做到了。看着她自信恬淡的笑容，那一瞬间让我有点嫉妒，但更多的是我目光里的惊讶。时隔两年，与大学时期的她判若两人。

记得大学的时候，她是唯一一个没有过初恋，没有被人喜欢过追求过的女孩子。

因为真的太胖了，游泳圈一圈叠着一圈，大腿比我们腰粗，翻个身感觉床都要散架了。她从来不烫头发，一条粗马尾永远透露着乡土气息，衣服都是妈妈给她买好的，款式老旧。还有一笑就眯成一条线的眼睛，以及永远充满富态感的双下巴。

她有吃不完的零食，要不自己买，要不姥姥姥爷给她寄。总之嘴巴没有闲过。

很多人说看一个人，不能光看外表，要去了解一个人的内心。

这话没错，因为长期相处，我们都明白小瑞是一个有才华又热心肠的姑娘，非常好相处。但是即便给她介绍男朋友，对方也没有耐心去了解她独特的灵魂。

没有外表作为支撑，谁愿意了解你高洁无双的灵魂。

即使这样，也没有让小瑞产生戒掉零食减肥的念头。直到毕业之后进入单位工作，小瑞才开始慢慢蜕变。

据小瑞说，她的上司是一个极其有气质的女人，无论谈吐或是体态，都让人挪不开眼睛。作为上司的直接下属，有时候出去见客户上司都不愿意带着小瑞去。

眼看着其他同事都在升职，只有小瑞还在原地。上司实在忍不住了，当着全公司的面跟她说让她减肥。

一开始，小瑞想通过节食瘦身，早晚燕麦片代餐，中午减量，结果一个月下来瘦是瘦了一点儿，但是时常胃疼，身体的各种毛病开始往外冒。小瑞又开始在网上查阅减肥资料，买了一套健身操课件。回来跳的时候发现自己连一节都坚持不下去就四肢无力。

那段时间，小瑞对于自己充满了挫败感。难道胖子就不能有未来、有爱情吗？

一个不自律的人如何成为一个自爱的人，一个不自爱的人如何找到他爱。

小瑞的妈妈每天早上5点半起床拉着小瑞跑步，一开始小瑞跑300米就开始气喘吁吁。对于在学校跑800米都要休息一整天的人，跑步是最要命的事情。

一开始小瑞跑一跑停一停，每次要放弃的时候，就对着镜子看看自己，然后又坚持了下来。一年多下来，小瑞已经能一口气跑下7公里了，而且与此同时，晚上有时间还会去健身房，也会跳健身操。这期间，从不晚睡，规律饮食。

2

一年靠运动瘦下了30多斤，体态上发生了巨大的变化，整个人的气质也上去了。没有了双下巴，脸小了一圈，眼睛大了很多。

小瑞又开始学习化妆。眼前这个人再也不是以前那个因为懒惰而麻痹自己说素颜最美的人。

眼前的小瑞，化着精致的妆容，穿着以前从来不敢尝试的白色连衣裙，美得知性而舒服。电话嘟嘟地响起来，小瑞看了一眼提示，露出会心的笑容，又锁上手机继续和我聊天。

小瑞说，最好的爱情就是，你喜欢的人，刚好也喜欢你。

哦，对了，小瑞前几天打电话说自己升职了。自律的人生真的开挂了。

跑步，运动，健身，减肥，让自己变得更美，这条路小瑞越来越上瘾，并从未停止过。每一个胖子都是高颜值的潜力股，每一个素颜的普通女孩都可能瞬间变成女王。

前提是，你舍得放弃赖床的那几分钟舒适来塑造自己，你舍得戒掉躺在床上，玩手机到凌晨一两点的坏习惯。

没有任何事情是一蹴而就的，你想改变人生，就得先改变自己。如果你控制不了体重，凭什么控制自己的人生？

好习惯贵在坚持，坏习惯一秒就能成型，只有坚持自律，才能重塑自我。虽然坚持自律一开始会很辛苦，但也只有自律的人生才有可能开挂。

没有真正的胖子，
只有对自己不够认真的人

1

七情六欲中的食欲看上去好像人畜无害，其实它最凶残。

Aurora 是在去土耳其旅行的途中认识男友的。

在格雷梅小镇乘坐热气球的时候，男友一条腿刚迈进格栏，同乘的人都不禁提了一口气，面露担忧。其实，男友生活在上海，除了身材有些偏胖，其他条件都不错，三观端正，为人热情。

两人谈恋爱的第二年，Aurora 也来到上海，那时候男友还只是普通的房产销售，业绩平平，薪水没什么变化，体重却有增无减。

去年公司体检报告出来，男友不过29岁就已经胆固醇超标，血脂高，还有脂肪肝。

Aurora 业务能力出众，转正后不久就得到重用，职位和薪水也提升很快。但男友却越来越不顺利，一年换了四家公司。男友总会强调自己运气不好，不是抱怨上司不赏识，就是公司管理混乱，工作的事情越来越不上心，聚会玩乐的时间倒是多出了不少。即便不出门，叫外卖和打游戏也占据了他全部日常。

男友再一次辞职后，在家待业一年之久。

是的，多肉的体形，是经常与懒惰、迟钝、愚蠢而无法自制联系在一起的。

在男友第 N 次因为打游戏而错过求职面试的时候，Aurora 提出分手，结束3年的感情，一个人搬到自己租的公寓生活。男友找到她的新住处，质问 Aurora 是不是因为自己穷才要分手。Aurora 给男友递过一杯柠檬水，说："我不是嫌你一直穷，而是因为你一直胖。这些年你确实越来越壮，但不仅没能带给我安全感，相反让我越来越忧心我们的未来。你的懒惰、不思进取让我觉得，我们的爱情里，飘着一层厚重的油腥。对不起。"

我们常常是给自己的欲望供给得太多，给理想的供养却少得可怜。

别什么都拿穷说事，事情的真相其实是：比钱你丢人，比外在和内在你更丢人，找不到和留不住对的人，是因为你改不掉错的自己。

如此的人生是因为一时糊涂走错了路，还是怪别人没有规劝？都不是。成年人的世界里，看似命运的捉弄和身不由己，其实都是当初你自己自愿选择的。

2

我从前是个胖女孩，是那种没有收到过情书，大合唱要站在角落，舞蹈服没有我尺码的胖女孩。

如今我不算胖了，偶尔还有人说我瘦。即便这样，我仍然对体脂秤上的数字诚惶诚恐，长期处在小心翼翼观察体重的状态中。今天秤上显示我胖了1斤，那么明天的每一餐，我都不会吃主食。至于蓝莓蛋糕和芝士披萨，我已经忘记是什么味道了。

我常常问自己的一个问题是：我这么苦到底是为了什么？

每天都会计算碳水和蛋白质的摄入量，晚饭基本是戒了，早餐不会太严苛，吃的时候还会在心里告诉自己：吃吧吃吧，今天只有这一顿饱饭。午餐不敢放开吃，每次吃完就会与想要葛优躺的欲望拼命斗争，偶尔还会贴墙角罚站自己好一会儿。

最喜欢吃的牛油火锅，也只能偶尔吃一次，一个月绝不能超过两次。一边吃还一边谴责自己：你这就是"犯罪"啊，你知不知道你现在就在直接吞油和脂肪。

思想搏斗之余，身体也要搏斗。

市面上常见的减肥方法，我几乎都试过，针灸拔罐、茶叶消脂、七天减肥、精油按摩、断食喝水，当然还包括吃减肥药。所以，我可以以一个过来人的身份负责任地告诉你，这些让人眼花缭乱的方法多半都是骗人的！

你用金钱和健康换来的，不过是一次狂欢后的落寞，会让你陷入无限的自责和难堪之中。

节食加运动，永远是最老土也最有效的瘦身方法。25岁那年，在下决心减肥后，我决定每天去公园快走一个小时。

公园里的爷爷奶奶会说："这么年轻就知道锻炼，关注自己健康啦。"我只是笑笑，不说话，心里想："其实，我是为了一件吊带连衣裙。"其他女孩子都是瘦削的肩膀配上天鹅颈，我的胳膊却像刚在泥巴里拽出的莲藕一样，白白胖胖，圆圆滚滚，真的配不上任何一件我喜欢的衣服。

回到家后，我会跟着运动 APP 做3组虐小腹运动，3组瘦腿运动，3组瘦手臂运动，3组提臀运动，外加15分钟平板支撑。结束所有运动后，我会在瑜伽垫上呆呆地躺一会儿，然后拖着气喘吁吁的自己去洗澡，常常站在淋浴下十几分钟一动不动，因为真的太累了。实在饿得不行，我就去冰箱里拿出一根黄瓜，没滋没味地吃掉。我为此养成了早睡的习惯，不是因为真的困，而是心里想着：快睡着快睡着，睡着就不饿了，熬到早上就可以吃东西了。

没想过放弃吗？当然想过，每天都要想几百次吧。

想当一个快乐的俗人，一点也不想管住嘴，一点也不想迈开腿，想吃涮羊肉，想喝香槟，想吃汉堡，想喝奶茶，想吃薯条。

那么回到刚才的问题，如今我已经拥有了许多条 S 码的裙子，更多好看的衣服，以及偶尔放纵一顿啤酒配炸鸡也不会胖的资本，但这么多年我还是坚持控制自己的身材，为什么呢？

想来想去，真的不是为了谁，而是为了寻找更完美的自己。我知道那么多鼓舞人心的励志段子，写过那么多安抚人心的鸡汤软文。我告诉我的读者要爱自己，要约束自己，要对自己有期待。但如果有一天，我的读者见到我，说："特特，你居然是个胖子。"我会觉得，我曾写过那些劝诫别人的话，都会显得空洞和苍白，甚至有点可笑。

我想更正式地爱自己，这所谓正式，就是一些能够充分展现出自身整体气质和生活品质，能够增加自信，同时也对自身有约束力的行为、态度和坚持。

美不是一个狭隘的形容词，而且没有年龄的限制，我还有很长的路让心灵和容貌一起成长，除了皱纹还可以收获成熟。最终发现自己是一个特别的存在，被身边人需要着和爱护着。

3

无论你是胖着过一生，还是瘦一辈子都没那么重要，重要的是你要有控制自己、让自己自信与自律的本事。

你的身材、姿态，甚至你的表情、脸上的每一条皱纹，都揭示了你的内在，展现出关于"你是谁"的信息。它们真真切切地存在，像刀子一样雕刻出你的样子。

让自己变瘦变美，不需要意志力的调动，不需要去晒朋友圈，不需要自我感动，更不需要自我说服和强迫，而是让它成为一个习惯。

面对生活的最佳态度，并不是时刻警觉的反抗，也不应该是面对洪水猛兽时的狼狈逃窜，而应该是谈一场恋爱的态度。

你从不做出惨兮兮的努力姿态，而是像面对恋人一样，永远把自己最美的一面展现给生活。于是生活自然会把最美的一面，回馈给你。

虽然人们总是强调，不要过分关注一个人的外表而忽视了其内在的品质，但你要明白，你是一个品牌，外在邋遢，怎么让人相信你有优秀的内在？再忙再累，也要抽出时间让自己美起来，你总不能既没钱，又单身，还胖若两人吧？

人间的美食，是为了给我们的身体供给营养和享受其滋味的，真的不是让你吃丑和吃胖的。那样只会辜负了美食，也怠慢了自己。

当你瘦下来，你会明白，肯德基不会关门、小龙虾不会灭绝、麻辣烫也不会停售、奶茶店会越来越多。可是，二十几岁的青春和身材却只有一次。不瘦下来，你永远不知道自己有多美。所以，请你一定要克服重重困难，一定要在最好的年纪活得最漂亮。

加油！这个"加油"不仅仅是"你还要继续努力"的意思，还有我从心底支持你，为你欢呼鼓掌，希望当你回首过往时，会感激你曾为减肥流下的每一滴汗，而不是遗憾自己的体重从未如愿。

瘦身这条路，路漫漫其修远，每一个走在这条路上的人，都是在一步步努力靠近理想中的自己。当你还不知道自己哪里与别人不同的时候，就先从体重上拉开彼此的距离吧。

毕竟，春天不减肥，夏天徒伤悲，秋天没人追，冬天无三围。人一旦失去追求未来的动力，余生便只剩下重复。

瘦这件事到底有多重要

1

必须谈谈这个话题了。自从我出版了一本小说集《这个世界上的一切都是瘦子的》之后，人们都觉得我对胖子太不友好了。

然而事实上，那篇小说的主角就是一个胖胖的姑娘，跟瘦子没什么关系。

但我自己是个瘦子，并且可以说，强迫症似的追求着"瘦"。我对自己身上长出的赘肉非常敏感。我喜欢扁平扁平的自己。

我的偶像有川久保玲、皮娜·鲍什、蒂尔达·斯文顿……确实没有一个胖子，都是越来越瘦，后期的皮娜·鲍什几乎瘦成了一把骨头。

毕竟偶像就是我们对自我的理想化的投射，可见我对自己的期待，确实是瘦、瘦、瘦。

我一直就瘦。小时候家里经济条件不太好，不是那种可以大吃大喝的家庭。生在乡下，运动量很大，爬树下河。而且我从小就是个焦虑的小孩儿。

我胃也不好。据说写作的人，大多胃不好。因为思虑多的话，就伤脾胃。不过，我也享受到了瘦的快乐：长跑没有怎么训练，高中三年却都是运动会冠军；买衣服从来没有什么尴尬，都能穿；整个人感觉很轻松。

因为一直享受着瘦的便利，所以很喜欢瘦。

在我年轻时最瘦的时候，经常有人说："你太瘦了。稍微胖一点点或许更好看。"

但我追求的不是"好看"，而是"瘦"。我并不是因为好看才追求瘦的，我只是追求瘦而已。

其实从美观角度来说，年纪大之后一般认为是略丰腴一点儿会好看，气色也好。但我就是喜欢瘦到干巴巴的那类女人。

最讨厌的是每次都会因为这个跟妈妈吵架。妈妈希望我胖一点儿，我跟她说："我就是喜欢瘦。请你尊重我对自己身体的爱好。"

我们为这个事情吵了10年，10年后，回家时，妈妈依然希望我胖一点儿，我崩溃了。

为什么瘦变成了现代社会的某种标准呢？

大概是现代人把克制身体欲望看作是一种美德。所以人们吃沙拉、健身、独居……但这也不能简单地说服人，毕竟同时，人们又极致地追求美食。

2

村上春树在《作为职业小说家》一书中写道："作家一旦长出赘肉就完了！"这句话有两种意思，既是说作家必须时时自我克制，同时也指的是文字不能累赘。

作家里就没有胖子吗？当然有，但确实不多。

只是作为村上春树本人，他所倾向的是这一类而已。忽然发现我喜欢的作家也确实都是瘦子，比如，村上春树、库切、波拉尼奥……村上春树热爱跑步，库切热爱骑自行车，而波拉尼奥不可能胖啊，他一直在流亡。

年轻时我瘦得毫不费力。但30岁之后，瘦变成了一种需要努力去维持的东西，新陈代谢的能力大幅下降，赘肉紧贴不走，身材逐渐往梨形发展。

还想要瘦，就不能那么轻松。要克制口腹之欲，在完全不想出门时穿上跑鞋。之后或许还得去瑜伽、健身、游泳。

保持对自己的严苛，从某种程度来说，瘦是一种生活方式乃至人格的选择。

但"瘦"就是一种绝对正确吗？当然不是。我自己喜欢瘦，但我说不出那种话，比如："你连自己的体重都控制不了，如何控制自己的人生？"

体重和人生之间，真的一点儿关系都没有。身体有自己的想法，有时也勉强不了。

毕竟不是所有人都能瘦下来，这不仅仅是意志问题，跟遗传、身体状态什么的，都有关系。

我有很多怎么都瘦不了的朋友，也有几个算得上是胖的朋友。胖的朋友普遍倒是开心一点儿，也不知道这两者的逻辑关系是什么。是因为很开心所以才胖，还是因为不再考虑胖瘦所以很开心呢？我在公众号发剁手清单的时候，或者发偶像照片的时候，经常有人回复说："所以归根结底，还是要瘦。"

我因为这些话感到不安，生怕造成太多的勉强。也担心不那么瘦的人，会感到不开心。还担心对生活缺乏认知的女孩子，会因此盲目地追求瘦。

毕竟瘦并非唯一的答案。

3

一个人只要自己舒适自在，就能影响他人。村上春树在《世界尽头和冷酷仙境》中，描写过一个喜欢穿粉红色衣服的可爱胖女郎，一个非常讨人喜欢的角色，"身体胖墩墩的全是肉，仿佛夜里落了一层无声的厚雪"。

每个人都对自己的身体拥有独一无二的标准。有人喜欢自己很多肌肉，有人喜欢自己胸大，有人喜欢自己微胖……只是恰巧我喜欢自己又平又扁。

有些人瘦不下来是因为热爱美食，而我，有好吃的当然挺好，但意愿并不迫切。更多时候我宁可在家随便吃点儿，也不想出门去吃什么好吃的。想让我为美食付出什么，那基本不可能。所以每个人的爱好真的天差地别。

我是想要一直瘦的，只要有可能的话。因为我非常喜欢瘦，也习惯了瘦。这是个人爱好，一种强迫症。我不是为了任何人而瘦，即使全世界都以胖为美，我大概也要瘦。

就像，虽然有不错的胸部是美的标准之一，看电影或者摄影作品的时候，我也为那些美丽的胸部感到赞叹。但我就是很喜欢自己平胸。如果有人建议我去隆胸，或者建议我用胸衣来挤出胸部，我会拒绝。

瘦到底有多么重要？坦白说，对我很重要，但对你未必。如果你只是为了别人的目光而减肥，根本没有必要。

开开心心随心所欲地生活，没什么不好的。只是我恰巧喜欢严肃、自律、纤瘦的生活罢了。

生命中最艰难的那一年，
将人生变得美好而辽阔

1

你生命中有没有过至死难忘的岁月？

就像《岛上书店》中说的："每个人的生命中，都有最艰难的那一年，将人生变得美好而辽阔。"

我有，尽管没有一年，也有3个月。但在那3个月里，我减掉了30斤的体重，从一个快要130斤的小胖姑娘，变成了还算窈窕的少女。

整整90天，我每天早晨6点起床跑步，做高难度的瑜伽，吃最素淡的饭菜。累到几近虚脱时，我痛恨过自己的躯体为何如此沉重，而别人，却可以那么美那么轻盈。

可痛恨完之后，我又沉默地跑向了下一个10公里，日复一日。

直到站在体重秤上，看到指针一点点向左偏移，偏移到60，又偏移到50。

当时的我，除了疲惫的身躯与酸痛的肌肉，不知道那90个日夜有何不同。可若干年后，转念回想，那三个月就这样成为我心里闪闪发亮的钻石，通透明亮。

那么多人苦求减肥秘籍，可你若问我怎么瘦下来的，我的回答也不过是两个字——跑步。

跑着跑着就瘦了，跑着跑着，人生也越来越开阔。

从120斤到90斤，当我瘦下来之后，究竟发生了什么？

我只能告诉你，我从那个肥胖的自卑的躯壳里钻了出来，重新变回了一个飞扬的少女最该有的样子。

之后的10年里，我慢慢练出了马甲线，读完了经济学硕士，出了两本书。我也不是一开始就找到了那条正确的道路，也深夜难眠、辗转曲折，才从不喜欢的生活里挣脱出来，走向了想要的生活。

在这漫长的青春中，我常常想起那个用了3个月减掉30斤的姑娘，她独自在操场上跑步，孤独、疲惫、无人陪伴。

没有胖过的人不会懂那是怎样的自卑，没有"丑"过的女孩儿也不会懂，我们拼尽全力想要成为"普通人"的漫漫长路。

这些年我作过很多任性的决定——抛弃不喜欢的专业，放手不喜欢的工作，离开不喜欢的人。每一次放手都很疼，但庆幸自己一次次倒下再站起，永远敢于重新开始。

我知道重新选择、重新来过有多难，可我那么年轻，我不应该怕难。

有时候也会哭，有时候也会绝望，有时候也会想要一了百了，可我都没有。

因为那个在操场上跑了3个月的少女，她一直一直在提醒着我：你可以的，你不会被打倒。

不要轻视任何减肥成功的人，我感激她给我的力量，而这力量让我屡屡重生，从糟糕的境遇里，从泥沙俱下的生活中。

有读者问我，你在新书《留住所有时间变美好》里写了什么？

我只是记录了自己这10年的成长，以及所有给过我光亮，给过我丰厚给养的人和事。是他们让我变成了今天的自己，而我多么多么爱这个减肥成功、自信飞扬、以书写为生的自己。

在过去的一年里，我一个人从南到北旅行，去了几十座城市，一个人出国游历，捧着最喜欢的书看异国他乡的炫目夕阳。

2

当我26岁时，我才终于实现了16岁那年的愿望——要特别瘦，要写东西，要忙时朝九晚五、闲时浪迹天涯。

小时候写在日记本上的梦想，都实现了；小时候看过的书里面记录的那些地方，也都真真切切地展现在我眼前。

我庆幸自己能过苟且的生活，也还有情怀去向往诗和远方。我更庆幸自己，如今和当年的那个小胖姑娘一样，对未来还抱有最真挚的愿望。

因为我是那个曾经在操场上沉默地跑了3个月的少女呀。掉下的每一斤体重，增加的每一点肌肉，读过的每一本书，都让我变成了一个不一样的人，一个更强大的人。

我心里永远住着那个胖过的女孩儿。在我照镜子时，我记得她的不堪和无助。在我写文章时，我记得她的心愿和期盼。

多少年前，她绝没有想过自己能成为伊心。多少年后，伊心还是记得她。我再也不会胖回到逼近130斤的体重了，可我知道我的灵魂，可以和躯壳一样，无坚不摧。

你那么胖，
凭什么谈自律

1

微博上有人说喜欢瘦女孩儿，不只是因为美，还因为这种身材里，包含着一个人的自律。这话很容易令大家群起而攻之："怎么的，胖碍着你了？那么多名人都胖，也是因为不自律吗？"

是的，反例很容易找，要挑刺也容易，但这些都无法阻挡一个普遍性的事实：胖真的令自己不舒服，也令别人不喜欢。一身肥肉，四体臃肿，浑身乏力，五脏壅塞，六腑油腻。你若是说喜欢自己胖，我真的很难相信。

不喜欢，为什么不减肥呢？

也想减的，但减不下来。

减肥绝非易事。因为，它需要少吃，多动。并且，是规律地少吃，系统地多动。这就难了。

谁都想大快朵颐，都想饕餮盛宴，谁都想听从本能，满足自己对美食的向往。于是，大部分人会告诉自己：痛快地吃吧，不管那些七七八八了。然后，一口一口吃成胖子。

吃，很容易。不吃，才不容易。

管住了嘴，人不瘦才怪。

运动，也是如此。地球人都知道，只要你能动起来，坚持慢跑、散步、瑜伽、瘦身操……人几乎是不可能胖的。

但是，这也绝非易事。

比起大汗淋漓地跑步，躺在凉飕飕的空调房里，半拉着窗帘，啃着鸡翅、喝着可乐、咬着薯条看剧，是多么诱人的事情。比起面红耳赤地举哑铃，窝在沙发里刷朋友圈多舒服。比起苦不堪言地走走走，和三五好友一起，一边吃麻辣香锅，一边狂啜啤酒，显得多么畅快淋漓。

就是这样，没能力对诱惑说"No"的人，没有意志力管理自己的人，一个个开始在身体上向生活呈现输意——大腹便便，一脸萎靡。也向自己的自律能力认输——无论多渴望，还是做不成。

我一直觉得，只有两种人，才能真正控制自己的体重：一种是生活优越、爱美心切的人；另一种是意志力惊人的人。

生活优越，会提供两个变美的法宝：金钱，时间。有了这两种，变美会变得轻而易举。意志力惊人，会提供给你良好的自律和强大的毅力，不达目的誓不罢休。

当自律成为习惯，人就会几十年如一日地控制饮食，规律运动，好好照顾自己的身体。

2

朋友圈里有不少女王级的人物，有一些，我是见证着她们从130斤减到了95斤。

比如，Tina。

最初时，她晒照，五大三粗，面容无光，是那种人群中最平庸的女人。但是，后来她请了私教，开始健身，定期跑步，每周举哑铃，食物以蔬菜沙拉为主，半年后，就像换了一个人。气质冷艳，卓尔不群。

如今，看她晒马甲线，看她开始迷恋自己，都令我感慨：世上没有丑女人，只有懒女人。

Tina 说："我不允许自己胖，还有一大原因是胖会占据我太多注意力，我不希望自己被消耗太多。"

因为胖，她敏感自卑，曾无数次和男友争吵。

她觉得男友赞美谁的好身材是在影射她的胖，表达对她的厌恶。她穿一件新衣服，男友没有评价，她就觉得对方是嫌她身材不好，不爱她了。她的注意力大多消耗在了自己的胖上，根本没有办法集中心智，去追求梦想，实现自我。她甚至想过，要吃虫子来减肥，吃泻药来瘦身，靠催吐清理掉胃里的食物。

这也就充分证明了一点：当一个人的注意力被稀缺资源过分占据，必会引起认知和判断力的全面下降。

好在 Tina 醒悟得早。

她说："与其余生都在这种丑陋、臃肿、愚蠢中度过，不如培养自律能力，让自己早日脱离这种自残。"

看到这里，一定有人说，我也想，但我太忙了……其实自律能力的培养，是有迹可循的。

昨天和教练聊天。

我说："好累啊，工作本来就忙，现在还要逼自己锻炼，真的感觉难以做到了……"

他说："当你形成习惯，受到的阻力就会小了。"

也就是说，虽然忙碌的人，意志力大都消耗在了工作上，但也并不是只有胖死一途可走。养成跑步的习惯，那么跑步时，意志力消耗就会少很多。养成只吃素食的习惯，那么当你再吃时，就不再觉得很抗拒。当你坚持，养成习惯，就会从这个习惯中受益。

现在，我越来越发现自律是一件幸福的事情。

它并不难受，也不痛苦。它让你明白，你是在走正确的路。身体、内心和生活，尽在自己的掌控中，你将越来越多地感觉到来自世界的温柔。

所谓的运气不好，
只是没有用尽全力

1

你相信运气吗？我是相信的。

一个人运气好的时候，仿佛做什么都顺，逢山有路，遇水有桥，事业、金钱、家庭样样顺利。

一个人运气不好，虽不至于像某些无良算命先生说的那样"我看你印堂发黑，近日恐有血光之灾"，但确实是做什么都不顺。

我的同学熊小姐，就是一个运气特别不好的人。

刚上高中那年，被无良庸医坑害，注射了太多激素，时时刻刻觉得饿，怎么吃都吃不饱，以至于在18岁的年纪就长到了160斤。此后多年，以每年10多斤的重量匀速增长着。大学毕业时，体重接近220斤。

当今社会，以瘦为美。一个身高和别人一样，体重是别人两倍还多的女孩子，可以想象，生活得有多艰难。

读书时，基本没有人愿意和她同桌，因为她体积太大，太占位置，请她让让，她就得到走廊上去。老师也很少叫她起来回答问题，她起来一次，前后排的桌椅都得地动山摇。

女生们跟她说话，要么恶声恶气，要么小心翼翼。

男生跟她说话倒是大都带着笑脸，但几乎没有人主动跟她说话，必须要跟她说话了，就快速说完快速离开。若遇上她主动问问题，他们倒是能"热心"回复两句，但绝不多说。

无论哪种态度，说到底，都是歧视，对胖子的歧视。

胖子都有一颗敏感的心，于是熊小姐很自卑。逐渐地，她跟人说话不敢看对方眼睛，稍有不对立刻退缩到安全地带，久而久之，她变成了一个畏畏缩缩的胖子。像这样的胖子，别说男朋友了，朋友都很难交到。

我和她做同学期间，和她打交道特别少，对她倒没有歧视，就觉得她很奇怪。毕业很多年之后，有一次我出差路过她所在的城市，才有了联系。

仔细想来，熊小姐运气不好，好像就是从身体变胖开始的。她初中时学习成绩还挺好的，高一也还不错，一直是班上前几名。变胖后，她的成绩就一直下滑，大学只考了本地一个大专。

浑浑噩噩毕业之后，家里动用了所有关系，帮她找了一份所谓的"稳定工作"——在街道办做一份盖章登记类的工作。

工作相对比较清闲，没事就喝喝茶看看报纸吃吃零食。熊小姐不爱喝茶，除非是奶茶。零食倒是从来不断，没办法，胖子总会比一般人更容易感到饥饿。

熊小姐吃住都在家里，工资虽不算多，但买零食还是够的。期间，家里给她介绍了很多个对象，没一个能成，都"见光死"了。

后来，熊小姐就不愿意再参与任何单方面受虐式的相亲了，宁可躺在家里吃着薯片看国产电视剧。熊小姐的父母对她越来越失望，由一开始的隐忍，变成了后来的怒吼。熊小姐并没有资本离开父母独自居住，她得靠他们提供吃和住。面对父母的责骂，熊小姐只好含着眼泪，把活动范围再次缩小。她一回家就钻进房间，吃饭上厕所时才出来。吃饭避免不了和父母见面、听他们唠叨，那就快速吃完，然后赶紧回屋。想上厕所，听见父母回房间了，立刻一溜烟儿跑出来，解决完之后立刻扭动着肥胖的屁股，逃跑似的回到卧室。

就连熊小姐的父母都觉得，她的一生就会在这样越来越胖、越来越宅中度过。

2

26岁那年，熊小姐因为长期暴饮暴食，得了急性阑尾炎。去医院做手术，医生说照她这样继续肥胖下去，什么高血压、糖尿病等各种各样的疾病都会来找她。医生还说他之前认识一个病人，不到40岁就走了，就是因为太胖。

这下把熊小姐给吓坏了，连忙问医生抽脂行不行，医生叹口气摇摇头，说，胖成她这样，除了节食和锻炼，没有其他方法。

阑尾炎手术之后，熊小姐就回家了。一开始心里还很害怕，没几天就把医生的话抛到脑后，又暴饮暴食起来。唉，谁让饥饿是刚需呢！

没多久，熊小姐身体又不适了。被那个医生说中了，熊小姐得了糖尿病，还挺严重的，任何含糖分的东西都不能吃了，此后一生将在吃药中度过。

那段日子，我刚好路过熊小姐所在的城市，顺便去看望她。说起生病的事，她的父母直掉眼泪，感叹她命太苦了，运气太差了，老天爷从来都没有眷顾过她。

我知道，熊小姐今天的遭遇都与曾经注射过量激素有关，所以也不由得跟着他们一起感叹，她真是运气太差了。

感叹完我就走了，回到家一想起这件事，心里就非常难受。但没办法，那是她的人生，我也无能为力。然而我根本没想到，熊小姐会主动打电话给我。

熊小姐问我，有什么止饿的方法吗？那时候我还没结婚，刚毕业独自一人居住。

单身女人，若是年轻一点儿，就算会做饭，通常也不喜欢做饭。我以自己并不多的经验告诉她，一是家里不备零食，二就是懒。我个人觉得懒是最止饿的方法。

比如说，周末我在看电视，家里没零食，也没食材，想到吃东西还得下楼去买，就忍着，实在忍不了了才去。就这样饥一顿饱一顿，很难有长肉的机会。

那个时候，我自己就是这样做的，并没有考虑到胃病的问题。挂掉电话之后，突然觉得不太对。她是因为激素问题，才吃很多东西，一旦节食，会不会对身体产生什么不良影响？

本想再打个电话回去问问，但是想想还是算了，她自己应该心里有数。

3

之后很久没有和熊小姐联系，毕竟我们也不算什么好朋友，和她也没多少共同话题。就这样又过了几个月。有一次，我看到她QQ头像亮着，忍不住点开看了一眼，只见签名上写着：200斤了，争取5月底到180斤。

我看了下时间，离5月底还有40多天，40多天瘦20斤，这样减，身体能承受吗？我忍不住给她打了个电话，问减肥会不会影响身体，以及她是怎样减下来的。

熊小姐说："就节食加运动呗！一日三餐照常吃，零食不吃了，每天步行上下楼5趟。"

熊小姐家住8楼，算下来，5趟的运动量，对她的体能来说，只怕已是极限了吧！

熊小姐之前嚷嚷了很多次减肥，但没有一次坚持下来。她总是以各种各样的借口中途停下来，继续做一个心安理得的胖子。

这一次，看样子她是下定决心了的。知道她正常减肥对身体并无坏的影响，我也就放心了。特别想看看她能坚持多久，于是我就对她密切关注起来。

减过肥的人都知道，减肥这种事，总会有一个瓶颈期。刚开始减的时候效果比较好，到了一定的阶段，可能就没有效果了，有的甚至会反弹。

熊小姐一开始减得比较猛，到150斤的时候，就卡住了。长达5个月的时间，体重反反复复，这周掉两斤，下周又上来两斤。因为持续减肥，这段时间她连续感冒了好几次。这都是身体给她带来的负面信号。

我劝她悠着点儿，不要再减了，保持住就好了，毕竟跟最初相比，已经减掉七八十斤了。她却不肯，直言看到了减肥的好处，就再也停不下来了。她不允许自己仍然以一个胖子的姿态生存在这个世界上。

我见劝不住她，也就不说什么了。本来我还担心，她继续减下去会对身体产生不好的影响。哪里知道，她及时变换了减肥方法，把有限的薪水贡献给了专业的健身教练，在教练的指导下，科学减肥。

大半年过去了，她的体重稳定在120斤左右。现在她的目标是3个月之内到110斤。

4

距离她减肥到现在，已经有差不多两年时间了。我以为她坚持不了多久，遇到困难时，很有可能就放弃了。然而，令我万万没想到的是，最终她还是坚持下来了。

她经常在朋友圈里晒照片，对比这两年的身体状态，几乎每隔一段时间都有变化。看她胖的时候，就像大部分200多斤的胖子一样，只剩下胖了。瘦了之后，眼睛显得大了、鼻子显得挺了、下巴显得尖了、腰也逐渐显形，看起来还真是很不错。

前几天，她给我打电话的时候说，旅行时认识了一个男生，主动跟她搭讪，还说喜欢她这样微胖的姑娘。她心里没谱，不敢接受，总觉得这样油腔滑调的男人不太靠得住。

听着她那忐忑的语气，感受到她渴望爱情却又不敢接受的矛盾心理，我突然就湿了眼眶。这是一个曾经令所有相亲的男人都躲着的姑娘啊! 现在，居然有人主动跟她搭讪和表白，真是太不容易了。

我跟她说，既然还在犹豫，就等一等好了。当你变得更好，就会有更优秀更靠谱的男人来匹配你。

她笑说，她也是这样想的。

我问她还有什么计划。她说，除了想遇到一份靠谱的爱情之外，还想感受一下穿 M 号的衣服是什么滋味。

我笑着对她说，放心，再过一段时间，她不仅能穿 M 号的衣服，说不定连 S 号的也能轻松穿进去!

她也笑，感谢我一直以来对她的鼓励。又说，她发现自从变瘦之后，随之而来的是运气也越来越好。身体好了，爸妈也不责骂了，朋友也多了，居然还有男人主动跟她搭讪了。变瘦之后，精神和体力也都变得特别好，以前就喜欢窝在房间里抱着电脑吃着零食追剧，现在居然有了学习的想法，想学一段时间的英语，不知道能不能行。

我问她："你是为了什么学习英语呢? "

她说："倒也没有什么特别的目的，就是想着，胖了那么多年，无心学习，现在瘦了，总得把以前的课补起来，一点点补，从英语开始。"

她停了一下，接着说："以前我总以为是我运气不好，现在才明白，是我还没有尽力。当全身心投入一件事情的时候，没有任何魔咒是不能被打破的，包括激素作用下的肥胖。困扰我长达10多年的100多斤重的肥肉，都让我减下来了，这世上还有什么事情我做不到呢？我读书时，英语并不好，我就想试试，英语不好这个魔咒我能不能打破。"

怎么可能打不破呢？用尽全力做一件事，老天都会给你让路。

这世上哪儿有那么多运气不好呢，大部分运气不好的人，大概也就是没有用尽全力吧！

为什么坚持运动的人，
更容易升职加薪

1

某期的综艺节目讨论减肥与自控力之间的关系时，主持人非常精辟地总结说，穷人的自制力就是比富人低，他们是最先放弃自己形象的人。

乍一听，觉得他对穷人有太大的偏见，凭什么说穷人的自控力就比富人低？但听他接下来的分析又有点儿意思：他说人的意志力跟生理能力一样都是有极限的，当一个人白天工作太累太苦，晚上就容易失去自制力，放纵自己的食欲和身体。

我反思了一下我自己的人生经历，确实我最胖的时候就是我最穷最累的时候。

当时大学一毕业，在公司里从底层做起，天天有处理不完的客户电话、文案、资料整理，还有领导交办的额外任务，下班后还要坐一个多小时的地铁转公交，简直累瘫。

晚上8点半吃完晚饭，真想在沙发上坐到天长地久。这就导致毕业后的两年里，居然胖了10斤，欲哭无泪。

上天是不是有眼无珠啊，我那么累那么穷怎么还那么胖啊，不是越辛苦越瘦才符合逻辑吗？

看来那句话得到了印证：意志力都被日常工作消耗了，晚上根本不想运动，只想用吃和躺来补偿自己的身体，于是越补越胖。

那时候又穷又苦的我，确实在身材的发胖中越走越远。不能控制自己身体的感觉，就像把命运交到别人手上一样，会认为自己很失败，很沮丧。

2

可是那些在狗血的生活里依然能控制住身体的人，才是真正的强者，这种控制感能够打败那些令人不快的小确丧。

同事K生完小孩儿一年后回归岗位，坐在我正对面。

她哪有初为人母的心宽体胖啊，简直就是360度无死角的瘦，穿着西装套裙昂首挺胸的姿态，秒杀众多未孕未婚的女同事。

有人说，一孕傻三年，很多新手妈妈回归职场后眼眸里充满不安和迷茫，可是她眼里闪着精光。

我忍不住问她保持苗条的秘诀。她说，生完小孩儿后半年就开始健身，每天把小孩儿交给母亲带 2 个小时，而自己就去健身房运动。

她说自从小孩儿出生，自己的生活就忙得鸡飞狗跳，从来没试过睡完整觉，一晚起床五六次是常态。所以每天都顶着熊猫眼，非常疲劳。

可是她依然坚持抽空健身，每天都去健身房跑30分钟跑步机，跟着教练举器械。她的优美线条可真来之不易。

曾经有很多人担心自己生完小孩后职位被别人取代，但同事K依然仕途顺遂。领导还是喜欢重要项目让她参与。

比如，接待外国专家的事宜还由她主导，因为她经验丰富而且形象好，眉眼间透出自信。一年后，她从一般员工晋升为中层管理者，工资也跟着翻倍。

生产完回归职场的同事K，身材不仅没垮掉，反而变得更加纤瘦笔挺，不得不令人肃然起敬。

一个刚当妈的人，是人生中最苦最累最没有安全感的时候，可是她能在这种状态下没有放纵自己，反而逆流而上，她在背后付出的努力和自控难以想象。

领导对她继续重用，看中的大概不仅是她的能力，还有她对自我要求的态度和自律。

因为对身材自律的人总比放纵的人看起来更可靠。

一个人的能力有时不仅体现在她的办事能力上，还有她控制身材的意志力上。能够控制得住身材的人，才更有潜力扼住仕途的咽喉。

3

跟自己的意志力做斗争，是一辈子的事情，能控制体重和饮食的人，才具备成为精英的潜力。

自从深受同事 K 的刺激后，我开启了健身模式，心态和体态都有了微妙的转变。我现在每周都会到健身房至少报到三次。

每次训练体能都感觉在突破自己的极限，一开始做平板支撑我只能维持20秒，做深蹲30下已经喊救命，但连续坚持3个月后，简直爱上多巴胺分泌的快感。

我一边听着澎湃的音乐一边踩跑步机，瑜伽和拉丁舞轮番上阵，感觉脂肪在一分一秒间消耗。通过有氧和无氧运动的结合，减了12斤多，体态也更加挺拔和紧致，心情也跟着舒畅起来。

相比以前一回到家就秒变废柴的状态，现在健身后更加精神饱满。以前写作2小时会腰酸背痛，现在健身是最好的缓解方式。

原来运动完后，大脑会更加清晰，写作起来也更有条理，更易爆发灵感，连上班也更精神抖擞，写文案出现错别字的频率也降低了。

难怪后来领导看我时，嘴角会出现45度上扬的微笑。

健身带给我的不仅是身体和精神面貌的革新，还有事业运的高升。

木心先生说，活着是件挺不容易的事。深深认同，活着本来就不易，还要在又苦又累的生活里改变习惯那就难上加难。

可是，如果能做到，岂不是又向人上人迈进了一步？反正在我心里，在又苦又累的日子里，还能坚持运动，就是了不起的人。

4

曾有艺人在微博上吐苦水说,女明星为了自己能瘦点儿,究竟有多饿没有人知道。其实不只明星,每个对身体有要求的人都会像他们的人生一样时时在迎难而上。

我见过很多职场上的精英,他们无论日晒雨淋都能坚持运动。

我有一位很有毅力的朋友,他每天5点起床,吃过早餐后花2个小时徒步上班,他说这样不仅可以锻炼身体还能磨炼意志,后来他经历两次创业失败,但靠着那股平日训练有素的意志力熬了下来,现在事业风生水起。

我曾经的女上司,一到假期就喜欢背着行囊与朋友相约爬山,现在连她丈夫和8岁的女儿都深受她感染,喜欢上爬山。

这位女上司家庭美满事业得意,这离不开她的苦心经营,爬山不仅是她增强家庭关系的纽带,也更能锻炼她在工作上的进取心。

每个坚持运动的人,背后都隐藏着一颗蓬勃的上进心,这种精神会带动他们的生活、工作,连面貌也闪闪发光。

爱因斯坦曾在鼓励他儿子的信中说:"生活就像骑自行车,要想保持平衡，就要不断运动。"

深深认同，生活不易，但运动是找到生活平衡点的好办法，无论你平衡的是身体还是心灵。所以，在我看来，当你意识到运动的重要性并坚持下来时，你就拥有成为精英的潜力。

你好看了，
你的世界才会好看

1

经常有人问我："长得好看，有那么重要吗？"

我一般都直截了当地告诉对方："重要！相当重要！"

颜值这种东西，放在男生身上，80% 是见效的，要是放在女生身上，那几乎就是100%管用了。

一个男生会做饭不算什么优点，但如果这个男生，长了张英俊的脸，那可能会被捧上天。"长得帅就算了，厨艺还那么好，这种男生简直谁都抢着爱。"

一个女生爱看书没什么特别的，但这个女生如果比较好看，那情况就不一样了。"你看看人家，不光长得好看，还那么爱学习，简直完美。"

长得好看的人都自带放大镜功能。他们身上哪怕有苍蝇腿那么大个的优点，也能被人无限放大。

上天就是这么不公平。你费尽力气练就的一身本领，轻易就可能被一个长得好看的人给比下去。

2

同性相斥。尤其是比自己长得好看的同性。

所以，经常听到女生之间这样吐槽：她除了长得好看，还有啥？长得好看有啥了不起的，不知道有啥好嘚瑟的？她升职那么快，肯定是用了旁门左道的手段。长得好看，就是好啊。

长得好看，有什么了不起的？

我想告诉你，长得好看，真的很了不起！

在很长一段时间里，我也觉得长得好看的人，无非是运气比较好，在染色体配对的时候，比普通人搭配得好。

后来我才发现自己错了。长得好看的人，真的太努力了。

3

丽雅是我朋友圈里公认的美女。五官不用多说，美女的标配脸。1米70的身高，体重却常年保持在100斤左右。皮肤也是超级好，除了偶尔上火冒几颗痘外，永远一副嫩得可以掐出水的模样。

刚认识丽雅的时候，我也觉得这姑娘是老天爷眷顾，投了个高颜值的母胎。可后来一次生日聚会，看到丽雅爸妈之后，才知道丽雅并不是天生丽质。

丽雅以前特别胖，后来她开始疯狂跑步，才让自己瘦下来。丽雅的体质又是属于易胖型的，为了不让身材反弹，她将晚餐调整为少糖少油的饮食习惯。

偶尔晚上朋友聚会，大家非要拉着丽雅去，她也是坐在一旁看我们大吃大喝。不管我们这边火锅、串串、冒菜、烤肉、烧烤、铁板烧……多么香，她也只是点一份青菜沙拉。

4

她唯一一次破戒，是毕业聚会。可能想到是大家最后一次聚餐，那天她跟着我们吃了一点儿晚饭。

说是"一点儿"真的是一点儿。那天我们吃了3个多小时的烤肉，而丽雅全程只吃了三片烤牛肉、两根小香肠、三片土豆和两块西瓜。能控制住自己体重的女人，都是狠角色。像丽雅这种经常被我们拉到宵夜桌旁，还能"出淤泥而不染"的女生，活该身材那么好！

丽雅还告诉过我们，大学四年，除了期末考试外，其余时间她一到10点半，就结束一天的生活，关掉电脑和手机网络，开始洗漱敷面膜，每晚11点准时睡觉。

你看，做美女也不是那么容易。毅力、自律一个都不能少。所以，长得好看的人真的了不起。

大多数好看的脸蛋，都带着几分好运，但更多的是用力耕耘的痕迹。

想要一副好的身材，必须忍痛割爱，拒绝各种高热能的美食，宵夜这种"剧毒"更是想都别想。想要一个好的皮肤，早睡早起，按时作息，还只是门槛。

这些事情，看上去很简单，但要做到，真的很难。

不信，你问问自己。你有多久没在11点之前睡过觉了？有多少次，明明已经困得要死，但一拿出手机，又能玩到一两点。你每天都在说减肥，说要健康饮食。但哪次朋友递过来的蛋糕，你不是说：好好吃哦，哪里买的啊？

5

加了一天班，已经困到不行，但还是要拖着疲倦的身体，一步步地卸妆。然后敷个面膜，涂好乳液，才敢睡去。明明可以赖到8点再起床，可必须化好妆才敢去上班，于是每天都比别人少睡半个小时。

每次外出聚会，都要洗澡洗头，换衣服，化妆。所以，必须提高做事效率，挤出一个小时，来把自己打扮漂亮。

做美女不光是一个脸面活，更需要耐心、毅力和高度的自律。这世上天生丽质的人绝对是少数。大多数人，都是靠一点点的努力改变，才让自己慢慢增色起来的。所以啊，别去羡慕，要去努力。

在以后的日子里，把八卦闲聊的时间，用在穿衣搭配上。把拖延的毛病改掉，挤出时间来敷面膜。把贪吃的嘴巴管好，把懒惰的腿迈开。

你好看了，你的世界才会好看。真心希望有一天，有人站在你面前，指着你说："长得好看了不起啊？"

你望了望对方，笑了笑说道："了不起！"

不要在你最好的年纪，
吃得最胖，用得最差

1

昨天，同事带着一位女邻居来办业务。

那个女人怀里抱着一个10个月左右的宝宝，手里还牵着一个四五岁的小女孩儿。面色黝黑，皮肤粗糙，一点儿妆都没化，穿着一件像睡衣又像连衣裙的衣服，前胸部位留有很明显的奶渍和汗渍，头发也毛糙糙的，随便用根皮筋扎在脑后。看外表，看实猜不出实际年龄。

她把带来的一堆资料往桌上一摊，我拿起翻看，前后错乱，没有一点儿顺序，无奈，但必须一样样弄整齐，发现她少带了一个证件。

女人"哦"了一声，拿出手机打电话，应该是打给她老公的，让他送过来。然后，抱着孩子坐在一边的椅子上等着。

我低头干活，忽然间闻到一股很冲的韭菜味，我吃惊地抬起头，看到那位女士正一口矿泉水一口饼吃得津津有味。

真的是目瞪口呆，好几秒我才反应过来，敢情是她在吃韭菜馅饼！

一会儿，她老公拿着证件来了，一进门就气急败坏地冲她嚷："就说你还能干点儿啥？每天一脑子糨糊，这么点儿小事都做不好！"女的也不敢怼回去，默默接过证件办手续。

她老公转身往外走，女人问："你去哪儿呀，我这很快就完事，你等我会儿，把我们送回家行吗？"

男人头也不回："等不了，你自己打车吧，我这好多事呢！"边说边出了门。

女人办完手续，拖儿带女往外走，看着她的背影，我和同事感慨，你这位女邻居的老公对她真是一点儿耐心都没有，她这个人形象可该注意一下了。

同事叹了口气说，其实这位邻居也大学毕业，他们夫妻是同学，结婚时挺漂亮挺苗条的，短短几年就邋遢成这样了。要不是因为两个孩子，估计会离婚了，可谁知道未来他们的婚姻能走多远。

2

没有人能透过你邋遢的外表，发现你优秀的内在。

很多人总是以为结了婚就万事大吉了，在那个人面前再也不在乎形象，以为无论怎样他都不会嫌弃。其实，我之前曾经也有过这种想法。

几年前的一个周末，我早上醒来后，发现老公已经起床在厨房想做豆浆，可那个电源线他怎么都弄不好。我过去看了下，生气地说："你可真蠢，这是电饭锅上的电源线，你弄到豆浆机上能行吗？"大夏天的，热加上急，他已是汗流浃背，又听我说他，自然来了气，很不客气地呛我："滚一边去，你就知道睡，像头猪一样，还在这儿指手画脚！"

我懒得搭理他，就去卫生间冲澡了。洗漱完毕，画了个淡妆，换下睡衣，准备去早市转转。

老公看我要下楼，一改刚才的语气，温柔地问："你去哪儿，用我送你不？"我有点儿吃惊，刚才不还是一副怒目金刚的样子，怎么眨眼间变回谦谦君子了？

那一刻，我电光石火般地明白了，在厨房时，我穿着棉布睡衣，蓬松着头发，油光满面，怪不得他看见就烦，那是他当时的真实心理啊。而此刻，我已经完全变了一个人，精致的妆容，时尚的衣服，哪个男人不喜欢向美女献殷勤，何况是自己的老婆？

每个人都是外貌协会的，你是，他也是。男人得有多厚道，能透过你邋遢的外表，去体会你那颗温暖善良的心。

3

不仅婚姻如此，职场也如是。

我搬家前的小区，隔壁单元有一位姓林的大姐，是一家企业的高管，据说年薪几十万，那还是在10年前，她的年薪，在很多人看来简直就是天文数字了。

但我对她最敬佩的并不是她的薪水，而是她始终精致的妆容。每一次见到她，都忍不住多看几眼，每次都把自己收拾得特别靓丽，有百分之百的回头率。

一天清晨我去跑步，看到她正跑下楼来，她和我打招呼，说老家亲戚送了蔬菜来，找不到她家，她去接一下。

她应该是接了电话匆匆下楼，这是我唯一看到她没有化妆的一次，却淡淡地涂着一层口红，头发整齐地扎着，居家服都穿得风情万种，看得我真有点儿肃然起敬了。

她和我说过一句话，让我印象很深，她说："这是个看脸的世界，别相信什么'好看的皮囊很多，有趣的灵魂很少'。你连好看的皮囊都没有，人家都没有心思看你第二眼，就算有好的机会，又怎会轮到你？"是啊，这些年我认识的女精英也不少，无论年龄大小，都是又美又努力，无一例外。

4

亲爱的，我并不是教你买买买，但在经济能承受的范围内，一定要把自己打扮得漂漂亮亮。

就算不是为了取悦另一半，世界也会因你的美丽对你多一分善意。你去办事，找工作，一定会因为那张漂亮的脸得到不一样的待遇。

《中国劳动力市场中的"美貌经济学"：身材重要吗？》一文中提道：女性体重每增加1000克，其工资收入会下降0.4%，身高每增加1厘米，女性工作机会会提高2.2%。

你看，一个人的外表，不仅会影响到恋爱，也会影响到工作收入。

人，终究是视觉动物。所以，千万别在最好的年龄里，吃得最胖，用得最差，活得最便宜。你美了，你的人生就美好了。

这个世界上的很多人很势利，也很冷漠，婚姻并没有那么多安全感，随时都充满了变数，你打拼了多年的事业，也可能会随时逼你换一个舞台。

但无论是驰骋于山川湖海的职场，还是拘囿于家长里短的昼夜与厨房。你精致的妆容，优雅的身材，得体的衣着，都是铠甲与武器，能够帮你抵挡人世间的种种荒凉。

Hi，
从远方跑来的胖姑娘

1

未曾想过，上大学时我们交大艺术系的那些帅哥靓女，在7年后的同学聚会上都已物是人非，惨不忍睹，反倒是系里那位最胖的女孩儿姗姗瘦身成功，看上去独领风骚，娇艳可人。

我想想，姗姗上大学时得有180斤吧！对，就是那么夸张。

记得一次学校组织体检，每当一个个女孩轻盈地跳上体重秤，体育老师都会愉快地报个数字，基本没有超过100斤的！

轮到姗姗时，我们全部屏住了呼吸，因为她的体重向来是个秘密，我们都很想知道她到底有多重。姗姗缓慢而笨拙地走上了体重秤，自卑地闭上了眼睛，体育老师哭笑不得地感慨："9、90，90，哎哟，我们的姗姗90……公斤！"所有的学生都忍不住大笑起来。

一旁的姗姗跑了出去，一直往操场外面跑去。我们这才意识到自己错了，也赶紧去追她。没承想，姗姗一下子摔倒在操场的门口，我们又忍不住大笑起来。

年轻的我们，那时太自以为是，哪里会顾及一个女孩儿的自尊心。

毕业后，大家都顺利地找到了工作，唯独姗姗一直没有勇气去面试，她好像一直在逃避去工作这件事。她在一家服装店里，试穿了所有最大码的衣服，直到那家服装店关门，她才叹了口气，在导购不耐烦的眼神中悻悻地离开了。

后来，她只好打着继续深造的旗号，默默地加入了考研大军。那时，她为自己设定的目标是北京的一所名校，但她的成绩并不好。所以，同学开玩笑地说："这不是去做炮灰的节奏嘛！"

我们哄堂大笑，姗姗却认真地摇摇头："做炮灰也得需要勇气啊！"

果不其然，姗姗第一年并没有考上，但我们隐约觉得她好像瘦了一些。那时，同学们已工作一年之久，女生们都开始忙着打扮自己，男生们开始相亲聚会陪客户，唯独姗姗在那一年全力以赴地考研。所以，那次大学同学聚会时，姗姗只和大家打了一个照面就回去学习了。那时，我们最喜欢玩的游戏是"真心话大冒险"，最关心哪里可以淘到有特色的服饰，哪里的水果更为物美价廉，哪里的风景最动人，而继续学习、努力看书这种事，真的距离大家很遥远了，远到一群不自知的家伙根本不愿去触及。

姗姗的考研之路太霸气了，她这一考就是3年，庆幸的是，她最终还是考上了北京的那所名校。待她去读研究生时，我们惊奇地发现，她瘦了许多，最重要的是，姗姗变得自信了。当我们纷纷问到她的体重时，她自黑道："现在已经不足140斤了，革命尚未成功，同志仍须努力。"

我们都笑了，笑得很开心。突然觉得当一个女孩儿开始自黑时，也需要强大的底气。对，女孩儿身上的那种乐观最迷人。

2

再见姗姗时，已是我们毕业7年，她整整瘦掉了一个女孩儿的体重，变成了另一个不足百斤的美女，用脱胎换骨这个词都不足以形容她的巨变。系里那群"花草们"围着姗姗，看她画着精致的妆容、穿着得体的洋装、踩着10厘米高的高跟鞋，怎么也无法把她和体育场上那个笨拙到跌倒在地的胖女孩儿联系在一起。

于是，大家立刻八卦地围坐成团，想听听这个美丽"姗姗来迟"的故事。

姗姗说，在她很胖的时候，内心深处的感觉就是害怕，莫名恐惧，她不敢出门买衣服，不敢出门相亲，不敢吃高热量食物，不敢出去旅行……归根结底，这一切都是因为自己太肥胖。她只好把自己关在屋里看书，背英文单词，复习考研。最初准备时，她多半是有些逃避的意味，并没有想过真的要考上。

后来，她逐渐进入到努力学习的状态，如果一天不看书，不学英语，她就会害怕，觉得自己快没救了，快要被淘汰了。

为了顺利地瘦下来，她试过很多极端的减肥方式，比如针灸、节食、练瑜伽等。无奈，姗姗的肥胖基因太强大了，她的家人几乎都是胖子，所以每当看到她在那里自我折磨还依然没有起色时，她那同样肥胖至极的妈妈就会跑过来安慰："姗姗，在妈妈心中，你瘦得像一根芦苇一样。别减了，我心疼。"

"您老人家见过这么胖的芦苇吗？我必须得减下来，这不是减肥，这是挑战自我。"

"咱家人都是胖的人，我没觉得胖有什么不好。"

"我不想当胖子。"

"瞎说，胖子又不会死！"

"老妈呀！"

为了更好地瘦下来，她开始把学习和运动结合在一起，她一边跑步一边听英文，这一坚持，就是好几年。

几年下来，公园的路需要跑多少步，跑多久，她都了如指掌。她跑在路上，从气喘吁吁到健步如飞，从像个大浣熊般笨拙到如猴子般矫健，这其中的跨越，怎可以简单地用辛苦两个字来概括？公园看大门的那位大叔每次看见她，都会鼓掌，以表敬佩。她也会微微一笑，以示感谢。

研究生毕业后，姗姗不仅成功瘦身，英语也说得特别好。之后，她成功地应聘上了国际记者，这匹黑马跑得如此迅速，不由得让所有人刮目相看。

这段姗姗来迟的故事太逆袭了，大家不由得摸了摸自己的将军肚，掐了掐大腿处的肥肉，立刻发誓要加入跑步的行列，争取成功瘦身。

姗姗当场把服务员叫来，让他拿走了我们所有的饮料："从此以后，你们就不能再喝任何含糖的饮料，和我一样只喝白开水吧！"

刚刚还信誓旦旦要减肥的家伙们顿时没了底气，还没有开始跑步，只是简单地没收了咖啡与果汁，就已让大家惊慌失措。于是，大家纷纷退步，表示胖下去也没什么，还有一个违心的家伙颤抖着双下巴，说自己根本就不胖，无须减肥，她挺享受现在的状态。

姗姗潇洒地站了起来，把白开水一饮而尽："你们几个继续侃，我得去约会！"

看着一个挺拔的女孩儿离开的背影，我突然想起刚刚大学毕业时，她是那么害羞，那么沉默，不敢站在公众场合，不敢高声说话，不敢谈恋爱，更不敢表达自己。

现在的她却截然不同，那种自信淡定，气定神闲，让人着迷。你不得不承认，一些人的美丽虽然姗姗来迟，但他们努力蜕变的过程早已是最动人的阶段。

3

也许一个人的美丽是有阶段性的，前提是你勇于改变，愿意为成为更好的自己努力。只是，这个过程你也不知道要多久，就像走在茫茫黑暗中，就像跑在晨雾中，你不知道前方何时会亮起一盏灯，但你必须跑下去。只因喜欢并坚持去做好一件事，就是对自己最大的真诚。

盲目的我们，只愿意躺在心理舒适区打滚的朋友们，从今天开始，也试着离开那片只会让自己堕落的安全地带吧！

我听过一位著名的心理催眠师的课程，他说一个不会游泳的人一定认为岸边才是最安全的地方，也是最忠诚的心理舒适区，一个人从未感受过在水中的畅快淋漓，他自然不会明白自己最精彩的人生究竟在何处招手。更糟糕的是，当他试着往海里走去，每走一步，不安与恐慌都会增加一分，挣扎之间，他最爱问的问题莫过于什么是活着，以及活着的意义。

真实的生活却要求我们必须要一步步走进那片海，那片深海之中。别回头，别纠结，别犹豫不决，最精彩的人生永远是打破心理舒适区，虽然很长一段时间你觉得自己不过是海中浮萍。可即使是浮萍，也终属于大海，那根系蔓延，终会连到海洋深处。

努力和坚持真的有那么重要吗？

每个人心中都有答案，但所有人都明白，唯有潜入深海，才可得见满眼星光。就像姗姗那姗姗来迟的美丽，若毕业后她一直自我催眠，不去正视所需的改变，或许此时她不过是办公室里那个不起眼的胖子，又怎会得到更好的际遇？又怎会赢得更多的认可？

我们慢慢成为格子间的老员工，熟悉的环境早已让我们放松警惕，日益麻木。可舒适的岸边并不是一成不变的，当海水涨潮，舒适区就会被淹没。随着时光的流逝，不提升自我，舒适区也终将缩小，最终消失，只留下不安的人，在岸边恐慌、困惑。

或许你会说，我并不在乎别人怎么看我，我要的不过是自由自在的生活。可真正的自由太奢侈，它只属于强者。自由并非你想做什么就做什么，而是你不想做什么就不做什么的权利。

有人说，新陈代谢 7 年后，我们就会变成另外一个自己。你是迎接更精彩的人生，还是接受慢慢被海水淹没的悲痛？

但愿7年后，与你相遇的自己，是被你真心喜欢并欣赏的，是你一直想成为的模样。

最难的时刻，永远是当下。

请你保留偏执的权利，而这世间所有的不尽如人意，

都没你想的那般无能为力。

美的精神意义是什么呢?

我想是不服输。

正是那种即使一无所有,

也要努力以最好状态面对人生的倔强和不抱怨,

一次一次将人从绝望中拉回来。

所以我总想,

只要你还是爱美的,

那么一切就都有希望。

天生长得美，并非一件难事，

但日日与岁月厮守，

与人间沧桑抗争，

那份美仍然坚挺，

未被击退，

美了那么多年，

就足以得见一个女人的韧性，

而非任性。

不是让你必须美成哪种标准，

更不是让你去整容，

而是力争把自己本身经营到最好。

你不必非要和谁比，但你要和自己比，

每天都看到一个更好的自己，

朝气蓬勃的，奋力向上的，

让人不能小看的。

怪社会太残酷前，
先放下你手里的薯片

1

先问大家一句，你们年初定下的减肥计划，现在完成了多少？

我有个朋友，年初的时候，信誓旦旦地订下计划说今年要把体重从150斤减到100斤。结果大半年过去了，我再看到她时，还是那副胖乎乎的老样子。

有个调查报告显示，减肥的成功率只有9.5%，也就是说减肥的失败率高达90.5%。

前两天的微博热搜上，一个女孩儿连续节食一个月，晚饭后坚持锻炼，但是一斤都没瘦，借酒浇愁，直接躺在大马路上哀号。

评论区下，一大群网友回复，仿佛看到了他们自己。

几乎每个人都有过减肥的计划吧，一次次地在网上收藏减肥餐、瘦身帖子，疯狂在知乎上搜索成功的减肥案例，甚至恨不得直接有把刀能把身上的肥肉片下来。

每天对着淘宝店里的模特图咽口水，羡慕她们的细胳膊细腿，回头捏捏自己肚子上的一圈肥肉，替自己感到难过。

每次买到小码的衣服就安慰自己，没事的，过几个月瘦下来就能穿了。可是好几个月过去了，衣柜里的小码衣服都快堆成山了。手机里下载了一堆郑多燕减肥操、健身视频，保存的健身餐图片几乎要把手机内存挤满了。

可是你倒是起来跳操啊！你倒是把手里的薯片放下啊！一边羡慕着别人的好身材，一边瘫在沙发上，边吃薯条边把健身教练的电话掐断，你胖成这样，能怪谁？

减肥是一个持续性的动作，需要你日复一日地坚持做下去。

还是刚刚那个朋友，她在年初的时候，就在家门口的健身房办了年卡，在网上买了名牌运动衣、跑鞋，还有一堆低脂低热量的食材。

从大年初一开始打卡，每天晒出自己的健身对比照和减肥餐。

大概过了半个月，每天都发的健身照片变成了两天一发，后来变成了一周一发。到最后，她干脆停用了朋友圈功能。

后来，我问她怎么不去健身了。

她说，健身减肥对她不管用，而且好怕会练出一身肌肉。

我心里翻了一万个白眼，天哪！你都没坚持试一试怎么就知道没用呢？专业的运动员超强度地训练好几个月才能长出肌肉，你这么隔三岔五地练，才练了几天啊，就怕自己长肌肉？

你收藏了再多运动干货指南根本没用，100个训练日不执行，100天健身餐不坚持，全部是浪费。

2

减肥又苦又累，要怎么才能坚持下去？

一是让自己爱上运动。只有真正热爱的东西才能坚持下去，当你爱上跑步、爱上游泳之后，减肥就不再是一件痛苦的事情了，反而充满乐趣。

二是一定要相信自己能瘦。给自己积极的心理暗示，相信自己一定能瘦，一定能穿上最小码的那条裤子，只有先相信自己能瘦，你才会真正地瘦下来。

三是跟朋友打赌，互相监督。减肥的时候，很容易滋生惰性，产生倦怠，这个时候，最好找一个同样在减肥的朋友一起互相监督。

四是找一个健身偶像来激励自己。偶像的作用真的是巨大的，手机壁纸、电脑壁纸、房间的墙上都可以换上健身偶像的照片，随时随地都能激励自己。

五是对瘦身保持强大的好奇心。胖了20年，想不想知道，瘦下来了是什么感受？知乎上那么多询问减肥方法的帖子，难道你不想去爆个照，惊艳一番？

减肥，除了迈开腿，重要的是管住嘴。

小龙虾、水煮鱼、麻辣香锅、棒棒鸡好吃吗？好吃。可是它们除了能满足你的口腹之欲还能干吗？

有些人，嘴上嚷嚷着要减肥，身体却很诚实，吃东西总挑高脂高热量的点，深更半夜还在宵夜摊胡吃海塞。少吃几顿宵夜，少参加几次聚会吧，你跟大街上那些"小腰精"的差别，就在于谁能在美食面前先停住筷子。

减肥，要做好打持久战的准备，千万不能急功近利，依赖药物。

这几天，有条新闻看了让我触目惊心。

在湖南一座小城市里的一个地下仓库里，捣毁了一个减肥药加工厂。仓库里堆放着无数胶囊灌装机、各色粉末和胶囊外壳，靠这些设备，每小时能生产1万粒假冒减肥胶囊。

这些市价成百上千、号称功能显著的减肥药，成本竟然不到一毛钱！你刷光信用卡买的能帮你减肥成功的神药，其实是残害你身体的毒药。那些标榜无任何副作用的减肥药，其实都是吃不死人的普通消食药材。

知乎上就有个网友说她找到了无副作用的减肥药。

据说，那个减肥药的原理是，把饭和药一起吃，高科技的药就会把食物直接在胃里分解成二氧化碳和水，不会增加任何的热量。

听起来很有科学依据、很靠谱吧？然后，这个网友就兴高采烈地开始了自己的科学减肥之旅。

吃完这个药之后，身体似乎真的没有任何的不良反应。一般的减肥药吃下去，很多人会感到胸闷、心悸，这个药吃了几天，就是觉得饿，非常容易饿。

这个网友跑去问店主，店主说："别怕。能量都被药物分解了，大脑中枢一时不适应肯定会觉得饿啊，饿了你就继续吃嘛，反正都会被分解的，等大脑适应了就好了。"这个网友想了想，觉得很有道理，于是就疯狂继续自己的科学减肥之旅。

1个月后，她足足胖了10斤，一下子从芝麻烧饼脸变成了烤馕脸。

后来，那个网友才知道，这个减肥胶囊的成分就是山楂丸、消食片之类的东西。她还算是幸运的，这个药里没有有毒物质，不然就要出现减肥药致死的新闻了。

3

前面提到的我那个朋友，她在一家广告公司实习了半年，业务和能力都不差，可是在签转正合同的时候，主管把机会给了一个业务能力没那么强的瘦女孩儿。

倒不是简单地歧视胖子，而是因为很少有胖子会真正喜欢自己的样子。即使她嘴上说不在意，可是在周围人的指指点点之下，很容易就会自我怀疑，变得不自信。

这种不自信的心态，会变成一个人的特质，把整个人都变得畏畏缩缩，机会自然不会靠近她。

朋友在广告公司勤勤恳恳地待了半年，每次都能准时交出优秀的方案。可是因为自己的体型，她从来都不敢站在客户和老板面前，大大方方地讲出自己的想法。即使她真的有才华又有谁能看到呢？

而那个能力没那么强的瘦女孩儿，没有心理负担，即使自己的方案不那么完美，也敢毫不避讳地在老板面前说出自己的想法。

不要怪社会太现实太残酷，在你有足够的能力和资本之前，社会根本就对你不屑一顾。

20岁了，要有能瘦一辈子的本事。

所以，看完这篇文章就放下手机，换身装备，赶紧去健身房待着。这个夏天已经结束了，难道你还要错过明年的夏天？

没有女人不上相，
其实就是胖

1

4月3日那天做了一场活动，全天无休，大半夜冒着大雨还被崔老板传召去聊工作，累到半死回到家还要给孩子讲故事，然后孩子没睡着，我睡着了。第二天上秤一看，48.7公斤。如果我不是得了甲亢，这真的就是10年来的最低体重了。

对不起，看来我真的要正式告别微胖界代言人，成为一个能穿白衬衣和铅笔裤的瘦子了。

有个微胖朋友大概是不服，不怀好意来问我："不是说好一起微胖到老的吗？这下你瘦了，真的开心了吗？"我认真地思考了一下回答："真的太开心了！"

她大概以后都不会再理我了。因为我去年还在和她说："太瘦了，脸就没那么好看了。"简直啪啪打脸。

不管是谁，去翻我以前的文章和照片，都会看到大量文字是描写我自己多么安于微胖，多么热爱那个肉乎乎的自己，觉得55公斤的自己也很美啊，我还创造了一个名词叫"美丽密码"，后来科学证明这叫减肥平台期。

我那时候就是觉得自己喝水也胖，怎么都不会瘦了，所以总得给自己一个理由活下去啊。对不起，我的经历充分证明人类的进步就是一个给自己打脸的过程。

2

身为一个二线网红，减肥真的是被逼的。我从什么时候开始决定当一个真正的瘦子而不是假瘦子的？是从我受够了所有第一次见我真人的，都说"其实，你没有照片上看起来那么胖啊"，那你们还给我各种点赞，那你们还说"其实你以前挺好的"，你们这群虚伪的人。

还有我们崔老板，120斤的时候，觉得自己就是脸圆了点儿。直到有一天，和她那个如天仙一般的发小一起去买同一套衣服，才发现，人类的愚蠢和自大果然是对比出来的。

从那天起她就开始"自虐"了。女人不需要鼓励，女人只需要刺激，给一记倚天剑屠龙刀直戳心底的刺激。

所以，有人说真正下狠心去减肥的女人都是虚荣的，因为只是执着于外表。如果虚荣可以让我继续把25码的牛仔裤穿得好看，那麻烦老板再多打包两份虚荣。

一个人瘦下来以后，就会持续听到以前在胖的时候别人不会跟你说的话。比如，以前朋友都说，你不是胖，你就是不上相；你不是胖，是这个摄影师找的角度不行；你不是胖，是现在流行锥子脸；你不是胖……

童话里都是骗人的，你不是不上相，你就是胖。我瘦了10斤以后再拍照片感觉像直接换了个模特。不要觉得时尚界横竖会把人拍胖10斤，对我们太残酷，难道不是因为对自己还不够狠吗？想把照片拍好看？吃太多就是犯罪。

后来才明白，我被这个世界上太多的瘦子骗了30年，包括崔老板，她当年做平面模特的时候，我真以为她是吃不胖的。

事实是，真的极少有吃不胖的人。只有那种达到一定阶段后，偶尔吃一顿也不会胖的女人。你和她吃的那顿大餐，不过是她这个月唯一一次的大餐名额，她背后不知道吞了多少草，而这只是你众多大餐中的一顿。

瘦子们，你们太狠了，整整骗了我30年，果然是微胖了多久，就蠢萌了多久。

3

"在最美好的前30年身为一个胖子活着；从30岁起可以穿下25码的牛仔裤了，这样才够资格当励志掌门。"

想想以前为什么瘦不下来，就是心理暗示不够。胖习惯了，而且还是个倔强的胖子，觉得那些追随潮流去减肥的女孩子都很庸俗，嫌弃人家是爆款，就觉得要靠多几斤肉证明自己可以活得十分潇洒自如。

回头看我以前，不执着于变瘦，又何尝不是在安于胖呢？人不是在执着于"执着"，就是在执着于"不执着"，但是，当你明白了，就会发现减肥这件事，果然是心态比技巧更重要。

这就是减重5公斤的秘籍之一，也是留给你们的作业。回去认真思考一下：你真的不想试试看当瘦子是个什么体验吗？

不想就不想呗，那就不能抱怨腿粗不能把铅笔裤穿好看哦。

想明白后，下周我们再具体实行减肥计划。

嗯，没错，现在走的就是未完待续路线，以后我们每周一都来研究颜值这个事，直到生命尽头。

你这么好看，
不能胖

1

几年前认识一个肤白貌美的姑娘，她真的是挑不出瑕疵的
美，从长相到身材都是一流，带着那种能让任何一个男孩子怔
住的曼妙。

直到现在我还记得她穿牛仔短裤的样子，白鞋子上面修长笔直
的腿，窈窕的腰身随之晃起来，每一次都让我为长裙之下掩藏的肥
胖而悲哀。

几年中和姑娘见了几面，每一次都惊讶岁月的残酷。

爱情总是能轻而易举地毁掉一个美人，朋友之间传言着她与
异地恋人的分分合合，或许是因为感情不顺，或许是因为家人的
压力，姑娘的身材随爱情一起变了形，从前的90斤慢慢变成130斤，

手臂和腰身都失去了曼妙的形状，连眼睛也眯成一条线。她已经不穿牛仔短裤，宽大的裤腿下露出粗粗的脚踝，整个人仿若自暴自弃一般，一个人坐在聚会的最角落，只听不说地吃下很多很多。

无数次我都想对她说："你这么好看，不能胖。"

有一种姑娘的美，让同性都失去嫉妒的理由。没有人舍得看到她的容貌被脂肪改写，这感觉就像在看一件艺术品的毁坏，仿若见人在《蒙娜丽莎》的画像上，用墨汁狠狠地泼了一角。

想起青春期时阅读的时尚杂志，那里面有个曾长据少女服装版面的小巧美丽的模特，突然就不再出现了。后来看八卦消息，才听说是模特因为贪吃发胖，被公司裁掉。

一个事业上升期的姑娘在体重上栽了跟头，这世界到底有多残酷，那年头也许 PS 技术还不发达，或者青春靓丽的姑娘实在太多，时尚界只肯用无须 PS 的人选。

胖这件事，没有亲身经历过的人，完全不会知道有多么痛苦。你只要胖过，就会明白，一周内狂吃胖 5 斤那简直轻而易举，而一周内瘦5斤不反弹那简直是神话。遥想在我出国的最初，白面包和土豆泥间，炸薯条和奶酪蛋糕里，那轻松胖了的 5 斤脂肪，无比忠心地跟着我从23岁到了25岁，又繁衍出很多同伴。

也许你更喜欢西方文化对于美的定义，觉得"胖"也是解放思想的一部分，我也不愿做个老古董，但是"胖"是我唯一不想要的自由。对于那种从小胖到大，硬生生地把"肥胖"变作基因的姑娘，谁没经历过被世界遗弃的感受？再没什么比别人口中的"胖墩子"，还有恋人的挑剔更让人难过了。

连我年过半百的母亲在同学聚会后都在感慨岁月的残酷，我以为那般年纪的女性只在乎广场舞，可是她们更在意当年的班花为何胖到无人认识，当年平庸的女孩为何如今优雅美丽。

肥胖有其毁容作用，减肥有其整容效果，"胖子都是潜力股"的话99％的时候都是真理。减肥就如同泥人张的巧手，大饼脸、圆鼻头、水桶腰这些中年妇女特征，捏了捏就出现了少女的线条感。

2

大概姑娘们一过了25岁，心里崇拜的女性角色便会发生转变，18岁时读亦舒笔下的故事，把那些穿着8厘米高跟鞋美到不食人间烟火的高学历高收入女性当作英雄，现在发觉还是"减肥成功"的姑娘更加令人佩服，女性的新陈代谢到25岁就开始变慢，让多少马虎的姑娘，稍不留神就翻进了年龄的坑，胖着胖着就再也爬不出。

这就更彰显"减肥成功"的能力，它是最玩命的一种努力，若能用到任何一处，必定载你至人生巅峰。减肥这件事，说到底就是在拼毅力，跟自己死磕，把若干种痛苦变成和刷牙洗脸一样的习惯。

一个胖了好多年的朋友第一次瘦下来，130斤的体重，现在还剩下三分之二，配上155厘米的身高，刚好。

这件事发生得短暂也漫长，旁人觉得，"哎呀，怎么几次不见就这么瘦了。快教教我们有什么秘诀。"而朋友却掰着手指，清楚地计算道，"每天早上1个小时慢跑，早餐午餐分别五分饱，晚上100克酸奶配200克水果，一节郑多燕瘦身操，这件事我坚持了261天。"

我大三那年，班级里一个女孩子用一个寒假的时间瘦下来，上学期期末考试时腰身还是中年妇女，结果下学期开学时四肢都成了美少女的。

我们都以为她吃了灵丹妙药，结果在食堂中一起吃饭时，才发现她的减肥秘诀，她胡吃海塞的午餐变成一颗水煮蛋和一把水煮青菜，我们调侃她"素菜都吃得那么认真"。她昂着一张巴掌脸轻轻笑，一口一口吃掉特制午餐，完全无视我们盘中丰富而油腻的炒饭。

减肥需要的是一种最难的自律，拼事业需要三五年的起早贪黑，而减肥的毅力贯穿了一个人的一生，需要出现在每时每刻。

3

我得再次重申自己的丰功伟绩。

25岁用跑步跟新陈代谢作战一举瘦下20斤的事情，让我彻底明白减肥路上决不允许三天打鱼，两天晒网的散漫，它需要的是一种渗透到生活中去的自律，这是一种重要的习惯，更是一种需要与时俱进的能力，它更像是每5年就需要重新审核一次的教师资格证，而不是如骑车、游泳这样一旦学会就"一劳永逸"的技能。

作家M.斯科特·派克用一句话概括了人们一直以来苦苦追寻的自律本质，"对自我价值的认可是自律的基础，因为当一个人觉得自己很有价值时，就会采取一切必要的措施来照顾自己"。自律的本质就是爱自己。

想当年自己穿着肥大的衣衫，自卑到想消失于人群中做一粒尘埃，又想到那个美若天仙的女孩子，在放弃自我的路上一去不复返，也许我们这样的姑娘都欠自己一个拥抱，在那个最美丽的年纪，没有在镜子前停留一分钟，认认真真地看着那里面的人，对那个正在急速下坠的自己说，"不该这样，你本可以是个更好看的人"。

　　至于那些一路嚷嚷减肥却连几天运动都坚持不下去的人，关于"别人能瘦，我怎么就不能啊"这样的问题，不仅仅是我，连医学界都无法给出解答。

　　减肥这件事，你得狠狠逼自己，你得学会相信自己，更重要的是要学会爱自己，爱到每天都要对镜子中的自己说："你这么好看，可不能胖。"

你可能根本不知道
你为什么瘦不下来

1

这几年你一直在坚持的事情是什么？

有朋友回答，减肥。

很有毅力吧？可以坚持减肥5年！但之所以一直坚持，是因为她从来没减肥成功过，甚至连反弹的机会都没有，持续保持稳定的体重，持续减肥，持续瘦不下来。

能坚持下来其实不用自我提醒，春天的气息还不浓郁的时候就有无数文章和朋友会呐喊口号，春天来了，夏天还会远吗？三月不减肥，四五六七八月直到严冬你都要徒伤悲。

看来，减肥可真是终生性的课题呢，因为总是有人顽固地胖着，所以一定有人顽固地想跟脂肪和赘肉鏖战到底。

不是都说减肥有秘诀吗？迈开腿，管住嘴就行了。听起来真是简单得要命，可是为什么还是有人顽固性肥胖，为什么始终达不到瘦身的目标，他们也运动啊，也节食啊！

排除遗传基因和病理性肥胖等可能，减肥不成功很大程度上是跟心理原因有关。

从专注减肥到减肥失败，中间到底发生了什么事呢？

你把所有人生晦暗的原因都归结为"不够瘦"？

热衷于减肥这件事的人看起来都很有干劲，他们会在朋友圈打卡，会跟好友立下军令状，甚至还能卸载淘宝，因为他们说减肥不成功，我就不买新衣服。

然而呢，壮志未酬誓不休的劲头是有了，但是仅限于减肥这件事。你会发现，当他们投身于减肥这件事的时候，生活中所有事情都围绕着减肥展开，好像除了减肥，再也没有别的事情可以关注了。

听起来是一种专注，但这种专注也是阻碍减肥成功的原因之一。他们的内心深处会有一种假设，"只要我减肥成功，一切事情就都会迎刃而解"。

现在生活中一切痛苦的来源都因为自己不够瘦，事业不顺是因为招聘的时候男面试官都喜欢身材好的，找不到男朋友是因为太胖，穿衣服不好看是因为没有模特身材。总之一句话，她的一切问题都是肥胖害的。

所以，他们会孤注一掷地把自己的精力和时间全耗费在减肥上，可是不出所料，当一个人越在意一件事的时候，往往越会达不成目标。

因为过度关注减肥，你会把所有的喜怒哀乐都维系在这一件事上，而减肥这件事又需要辛苦的付出和忍耐，所以情绪很容易持续地低落，看着一星期下来体重秤上的数字毫无变化，想着自己每天挥汗如雨心情怎么会高涨起来？因为减肥不成功，你更无心工作、交友，从此陷入恶性循环，越胖越不开心，越不开心越没劲儿减肥。

当能理性看待自己的生活，认清减肥不过是生活中的一部分而已时，反而会轻松很多。减肥带来的不适和情绪低落可以用工作和生活中的其他快乐对冲，你才能用平衡的心态来对待减肥。

如果你真的把减肥当成你生活幸福的唯一杀手，你的潜意识也会跟着作祟，它反而会阻碍你真正去坚持你的减肥计划，因为一旦减肥成功你却发现生活并没有完全因此改观，工作没提升，恋爱没着落，你会更加自卑。

说意志力没那么顽强其实是你的内心也害怕面对这样的结果，所以它会千方百计阻碍这一天的到来。

2

因为减肥效果不够明显而自责？

一些正在减肥的朋友经常会跟我吐槽，"我真没用，今天又没管住嘴，我吃了一个汉堡！""我可真是没毅力啊，跑步三天就不想去了，怪不得我一事无成。"

真正让他们沮丧的事情其实不是没瘦下去，而是由此带来的负面情绪体验，他们会把低落的情绪扩散到自己的性格和品质层面，给自己扣上一顶非常严重的"自我否定"的帽子。

贪恋美味的食物是我们的本能，克制本能就是需要付出巨大意志努力的，在这个过程中出现一些反复和懈怠都是再正常不过的反应，正常对待就好。一次贪嘴就是一次贪嘴而已，没必要上升到自我谴责的高度。你在自责和内疚中想要越挫越勇是难上加难的，大多数人会因为自责而过早地放弃减肥这件事，就是因为他认定了自己注定失败。

还有更可怕的是，沉浸在自责的情绪中更易自暴自弃，暴饮暴食大多出现在减肥暂时无效而内心极度低落的状态之下。

正视减肥过程中出现的一些曲折和倒退，就事论事，无须过度引申。即便你真的减肥不成功，它也无关你在其他方面的成就，更无关你到底是个什么样的人。

3

小时候我们都经历过，父母答应如果你做好作业就让你出去玩。这种滋味会让很多孩子抓心挠肝，如果父母看得不够严，他们会偷偷出去玩，即便不得不写作业，也是潦草完成。

这样的孩子在自控能力培养阶段并没有培养出"延迟满足"的习惯，并且还会把它保留到成年期。长大后，他们的内心里也还是那个想第一时间就要去玩耍的小孩子，一遇到诱惑就想缴械投降，立刻安抚自己咄咄逼人的需要。

因为眼前的美食和闲适毕竟是触手可及的，而减肥成功却像一件遥遥无期的事，所以眼前的满足所带来的快感就被放大，而减肥失败的痛苦又尚未到来，无法体验的深刻就被忽略。

与需要耐心和隐忍才能得到的成功相比，眼下得到快感才是实惠可靠的选择。所以，为了一口蛋糕的甜美，失去的是一个夏天的自信。

你越多次让自己得到"即时满足"，你的身心就越适应这样的模式，要克服它所带来的煎熬就越剧烈。

如果你是这类型的减肥失败者，一定要趁早训练自己的延迟满足能力。

你可以每次都增加那么一点儿等待的时间，让自己的自控力变得更富有弹性，慢慢拉长你能承受的等待时间，将等待培养成一种习惯，做习惯了的事情自然不会那么消耗自制力了。

比如，把现在就想要吃的东西变成3小时后的安排，然后慢慢拉长至5个小时，12个小时，直至24个小时，等你比较习惯于等待，自然不会感觉到自制力在跟身体里的欲望斗争，因为你已经把延迟满足变成了一种生活方式。

减肥的确是一场攻坚战，同时也是一场心理战。不克服这些心理上的障碍，你就很难迈开腿，更难管住嘴，何谈瘦下来呢？

在最美好的年纪，
我必须是美的

1

我非常爱吃。

不管是父母或是朋友、恋人，都知道这一点。

记得与一位女生第一次约好在成都见面，未曾谋面时，我就向她推荐了很多家成都好吃的店。甜点、私房菜以及路边的苍蝇馆子。但我并不是成都人，可见我有多么关注一个城市的食物。

她笑说："可是吃在我的旅行计划中，并不是很重要的一部分。"

"吃"曾经是我很重要的一部分。

如今看来，"吃好吃的食物"对我来说，依然重要。我愿意早起去吃一顿好吃而限时的早餐，也会在去到一个陌生城市前做该城市的美食攻略，吃到好吃的食物会荷尔蒙飙升，如果是不小心误入一家"很一般"的餐厅，会觉得浪费了我的胃。

可是我也经常忍受饥饿。

减重时期我需要认真地查询每天摄入的卡路里，这样很累，所以我只坚持了一段时间。

但在这一段时间中，我基本上记住了，凡是油炸、烧烤、火锅以及超市里所有可见的，市面上但凡能买到的零食，都会让我的卡路里超标。

后来有个朋友和我说，她减肥第一步迈出去了，她忍住不吃零食了。可是说来也奇怪，我虽爱吃，但我从未爱吃零食过。

我的胃容量很珍贵，要把它们留给那些真正的食物。

什么是真正的食物？好吃到会让你尖叫的芝士蛋糕，滚烫的火锅，包括一些家常菜。这些才是真正好吃的食物。而零食往往又干又涩，吃后会带来不适，所以它们不是真正的食物，至少对于我来说不是；另一方面，如果你长期坚持健康饮食，你就会对零食、饮料免疫，而至于如今炙手可热的街边奶茶，我也不会浪费时间去排，你可以设身处地想象一下，你排队20分钟，终于拿到一杯奶茶，喝上一口觉得很美味，喝完了却觉得甜腻闷人，值不值得？

如果你的答案是值得，那你可以不看这篇文章了。

2

自律带给人自由。

我每天点开 Keep 软件时，就会看见首页的这句话。

有一段时间我起得很早，上午有很充足的时间可以做事，身边人都很佩服我早起，还经常跟我说"在冬天早起的人非常可怕，什么事都做得出来"。

其实醒得早主要是因为饿，我每天早起都恨不得下床就能吃早餐，于是"吃早餐"变成一件很开心的事。

不再吃高热量、高油脂的食物，看见自己的皮肤慢慢变好，值得。忍受一时的饥饿，却能撩开自己的衣服，看看自己的马甲线，值得。做运动出很多汗，平板支撑最后一秒趴在地上想骂脏话，值得。

不管多辛苦，看见成果的时候，都是值得的。你要等。

我看过很多的范例，女人为一副皮囊到底能够做到怎样的极致。

掷千金在脸上、身上，为了保持皮肤紧致，长年累月坚持运动，甚至在冬天也用冷水洗脸，参加聚会时频繁进卫生间补妆。为了保持自己好看的形象，整容这件事，反而显得容易许多。

3

有人说，这么累何苦？苦，当然苦。可是当你真的这样做了，并从中受益，当你看到你的腿越来越细，腰越来越细，之前买的裤子越来越大，你就会觉得，这一路走来的苦，其实都不算什么的。

比起吃得很饱摸摸肚子躺在床上，旁边还放着一包油腻腻的薯片，我更愿意看到那个早晨天还没有亮，轻盈地跑在路上的自己。

在最鲜嫩多汁的年纪，我必须是美的。

如果早五年开始减肥，
我的人生一定会不一样

1

微博被芭莎慈善夜各路明星照片刷屏了，每一个都相当美。

很巧的是，那天我也在现场，我看到的每一个女明星几乎都是闪耀着平常生活中看不见的美。而且每个女明星，好看得都有自己的特点，唯一相同的是：瘦。清瘦的手臂，如玉般的双腿，配上一袭长裙，吸引了无数目光。

不得不承认，在看过很多关于明星减肥的故事之后，我发现这个时代给胖子留的活路真的太少了。

第一次实习的时候，在公司的新人群里认识了一个女孩子，渐渐成了好朋友。不过，我们两个人一直都没有在线下见过面，翻遍了她所有的朋友圈也没有找到一张她的照片。

每次我约她中午公司食堂一起吃个饭，她都会说"下次吧，下次我请你"。然而过了半年，我的实习期满了两个人都没有成功见面。

一次，我去打印文件。因为不会使用，附近办公桌一个胖胖的小女孩儿站起来，主动过来帮了一个忙。成功打印好文件之后，她似乎想要和我说些什么，却还是没有开口。

回到座位后，我收到一条微信：

"其实，刚才那个人是我。"发微信给我的，正是新人群里认识的那个女孩子。

"那你怎么不告诉我啊！"我当时就震惊了，两个好友明明面对面，却不和彼此打一声招呼。

"因为我不太好意思……"

回想起来，打印机前的那个女孩儿，不是很高的个子，将近180斤的体重，脸上有着明显的痘痘，说话支支吾吾，躲躲闪闪害怕看人的眼神。她后来告诉我，从高中时期发胖之后，变得不太喜欢和别人面对面交流，身上的横肉，因为不良的饮食习惯脸上长出的痘痘，更让她感觉难堪。所以她只愿意在网上交友，扮演另一种人格，但从来不晒出自己的照片。

欲言又止的背后，是她面对这个真实世界的不自信。

她还喜欢过一个男孩儿，默默地为他做了很多事情。

饿了给他点外卖，生日跑遍了整个城市找他喜欢的礼物，周五下班躲在他公司楼下偷偷看一眼，然后走掉。

可她终究没有勇气站在他的面前，即使对方说喜欢上她了。

因为肥胖，她根本不敢面对他，怕他对自己露出失望的神情。

你总说要找到那个爱你灵魂的人，其实我们心里比谁都清楚，没有那副好看的皮囊，没有什么人真的愿意在第一眼就穿过你的外在，去欣赏你那个不凡的内涵。

更令人无奈的是，人的肤浅在于，就连我们自己都明白，都在挑选那个皮囊好看的人。

2

曾想过，如果人生可以选择放纵，是不是到最后得到的就会是轻松和畅快？每天吃肉，每天喝酒，任凭横肉疯长，也不管不顾，一定很爽快吧。

朋友圈里有一个我最服的朋友，我叫他L公子。他最引人注意的是他的身材，典型的穿衣显瘦脱衣有肉的健身房男孩儿。

有次我们一起出来吃饭，L公子动筷极少，声称自己最近体重上涨，要克制。我笑着说，他这种身材完全没必要克制自己，多吃一顿肉又不会变化多少。

旁边一位老友抢过话茬，道："他啊，那是胖怕了。"

L公子曾经有多胖呢？用他自己的话说，"我扔掉了家里所有以前的照片，那简直是一段不忍回首的黑历史"。

那是我们可能都听烂的励志爱情故事，可再听一次仍然会被主人公的意志打动。

刚上大学时L公子喜欢上了一个女孩儿，网络交友，本以为只是小打小闹暗生情愫的网络姻缘，两个人居然坚持了两年。这两年里两人彼此分享各地的景色、考试成绩和年轻的烦恼，成了超越友谊的伴侣。

一天，女孩儿忽然提出：我们见面吧。

L公子从来没有设想过这一刻的到来，他看着屏幕上的字眼冲到镜子前照了足足10分钟。真的太胖了，镜子都塞不下了，可是要拒绝吗，他似乎一直在等待着这个时刻。

从那一天 L 公子下了决定，开始减肥，只为了去北京见一眼他情窦初开时喜欢的第一个女孩儿。他花了一个学期甩掉了40斤，每天只吃一个苹果，渴了就喝一瓶零度可乐，晚上绕操场跑20圈。谁都没有想到瘦下来的 L 公子变化会那么大，原本就不错的五官，变得更加立体了。

现在的 L 公子成了一家400多人公司的 CEO，名副其实地做到了"胖子都是潜力股"。

3

很多人不明白，包括我自己。

为什么胖子瘦下来之后几乎都能达到人生的巅峰？做自己喜欢的工作，找到爱人，仿佛从前拥有的霉运都可以随着赘肉甩掉一样，取而代之的是生命里源源不断的幸运。

直到我自己把每天跑5公里坚持了一年，体会到那种初次奔跑的艰难和必须坚持下去的毅力之后，才明白：减肥就是一个自控的过程，一个会自控的人，必然能够得到自己想要的东西。

微博上看到一句很有趣的话。

一个瘦了30斤的博主说：网友们整天问我怎么瘦的，怎么瘦的，你自己心里没数吗？

事实的确如此，不过是管住嘴，迈开腿，可是没有多少人做到。你天天喊着减肥，却又一边看着电影一边给自己塞薯片；你说要去健身房，办了卡，结果带上手机去拍了一张照，打完卡回家了。

终日反复，又怎么可能瘦下来？越来越觉得，减肥的过程其实就是自律。

当你选择了减肥这条路，去健身，你就必须安排好自己的时间，这个过程就是你在调整自己所有生活作息和自己工作安排的过程，不让自己时间失控的人，往往也能做到不让自己的身材失控。

其实你比任何人都清楚，瘦下来有多重要，美丽能够给你带来多少新的机会。而比减肥更让人感慨的是，你减肥的过程，是在奔向美好，你可以看见自己新的可能，和从未见过的自己。

不会再像从前一样躲躲闪闪，最好的你真的配得起美好的未来。

为什么不能做
一个身材臃肿的人

1

　　众所周知，我在微博上虽然给人打分，或是评头论足一番，或是看图说话调侃一下，或是借景抒情对某些现象嘲讽一通……无论再怎么漫无边际，也就是个娱乐。但是总做一样事，做得多了，量变引起质变，还真能总结出点儿规律。就说这人的美丑，细节暂且不论，有一点就很能说明问题：外表好看的人，不论男女，没有一个是身材走样的。

　　这话不是说胖子人不好，而是应了那句俗话："一白遮百丑，一胖毁所有。"无论你五官怎么标致，只要一胖，马上主角变身路人甲。英俊、潇洒、优雅、性感……这些迷人的词也离你渐行渐远了。剩下的只有踏实、稳重一类的形容词。这是你想要的吗?

当然，有时候不是人主观不在意自己身材了，哪个男人不想要6块腹肌？哪个女人不知道凹凸有致的身材最迷人？可有时候主观上的想法很难转换成客观上的行动。

城市的小白领，大多大学毕业后直接一屁股坐进办公室，一日三餐是这样的：早餐一套煎饼果子，中餐是浓油重盐的盒饭，晚上加班到挺晚，下了班要么是和三五好友胡吃海喝一顿；要么是寂寞深夜，来一顿宵夜填补一天茫然的空虚感。年轻的时候，靠着高效的新陈代谢或许这么干没啥问题，但是岁数一大再加上长期没有运动，赘肉一下子就堆积在肚子上了。

胖的直接缺点太多了，上楼呼哧带喘，搬点东西三步一歇，公司组织旅游爬山下海都拖后腿，慢慢地在同事和领导心目中你一点儿威严也没有，一点儿上升空间都没有了。

胖了，体型不美观不好找对象；胖了，逛商场一圈，发现根本买不到合适的衣服；胖了，出去聚餐，上来好吃的没人会劝你尝一尝，因为大家潜意识里认为你太能吃了，但是打扫剩菜剩饭却总会第一个想到你；胖了，天冷了连关心你加衣服的人都没有，谁叫你抗冻呢？虽然你可能是个很怕冷的人，但是大家都形成惯性思维了，胖一点儿的人冬天穿 T 恤也行。

2

上面的话大多数人看完也就是一笑，觉得有点儿不靠谱。但是下面要说的，绝对是良心之语。

我有个学医的朋友，女孩儿，把手术台上的亲身经历讲给我听，听了之后很震撼。绝对不是身体一肥胖容易得高血压、高血脂、心脏病什么的，那一点儿都不直观。她直接告诉我一个非常直观的例子：同样一个手术，瘦子一刀下去就见到器官，切口一厘米，手术完事缝合伤口很快就愈合了。胖子呢？一刀下去全是脂肪。

她给胖子做完几次手术，就再也吃不下烤肥牛、五花肉什么的了。所以胖了不仅仅是不美观，也会对自己的健康直接造成无法挽回的伤害。这绝对不是耸人听闻，当然，我说的这个绝对只是冰山一角，其他的例子，相信每个人身边都有。

胖了自然要减肥，要锻炼。但我接触过很多大腹便便的人，无论是男人还是女人，都非常喜欢给自己不佳的身材找借口："我天天上班太忙，下了班还得回家做饭吃饭，收拾完上床都10点多了，哪有时间锻炼啊？"

不是我说风凉话，只要思想不滑坡，方法总比困难多。其实只要你客观地细想想，你做60个俯卧撑，分3组，一组20个，全做完5分钟都用不上，每天5分钟抽不出来吗？你绕着小区跑3公里，只需要30分钟，每周3个30分钟也抽不出来？每天早上煮个鸡蛋，来杯牛奶很困难吗？夜里少吃点火锅、烤串，少喝点啤酒，很难吗？恐怕难的不是自己太忙，而是不良的生活习惯和自己不坚定的决心。

看娱乐节目明星八卦咧着嘴哈哈笑有时间；许多男人坐在电脑前面打网游，一玩好几个小时，许多女人就为了占几毛钱的便宜，一个淘宝页面能盯一天，这也有时间。这些时间你算过吗？每天要消耗多久？但是一提到运动，马上就像霜打的茄子——蔫了。

什么心理学、行为学的大道理就不讲了，千言万语说多了都没用，终归就是一个字可以概括——懒。

3

我30多岁了，体重一直保持在130斤左右，身材不敢说多好，但至少大问题没有。

去青海湖环行，海拔3000多米，400公里，3天骑完，比许多小我10岁的小年轻强。就是因为我常年坚持锻炼，我绝对不是那种迷恋健身房的达人，没有十分完整的计划。跑步也玩，骑行也参与，爬山是经常的事，原则就是不让自己身体长时间闲下来，当然也绝对不胡吃乱喝，也算是坚持锻炼的一种，因为坚持锻炼，对自己方方面面都很有帮助。一年到头没有头疼感冒，偶尔做点儿重体力劳动也没问题。

当然锻炼除了能给你一个强健的体魄外，更重要的是能直接给你带来上进心。

村上春树在一次访谈中说过："今天不想跑，所以才去跑，这才是长距离跑者的思维方式。"锻炼也是一样，因为今天不想锻炼，所以才去锻炼。当你在跑步机上完成一次5公里跑或是一次哑铃的突破，虽然会很疲惫，但是你会发现，你甩开了那个躺在床上吃着薯片玩游戏的懒散的你。

你身体里是一个说到做到、言而有信的你。当你每完成一个给自己设下的目标时，自信心就会增强一点，完成的越多就越自信。当你把这种能力转换成一种习惯时，那么你就会成为一个有执行力、有毅力、有自信的人。

网上有个很火的段子：大家一定要小心那些有 6 块腹肌的男人和永远保持好身材的女人，这些人拥有你所想不到的决心和意志力。想一想大冬天里，他们能"唰"的一下从床上爬起来，到外面跑上几圈。多可怕，他们什么事都能干得出来。这个绝对不是笑话，但凡有一副好身材的人，活得都不会太差。

长相是父母给的，身高基本定型，先天的一些东西我们也许没办法改变了，但是身材绝对是自我可控的。试问，一个连体重都控制不了的人，又怎能控制好自己的人生？

我不愿成为人鱼的泡沫

1

白桃跟我说她要减肥的时候我正看着电视，把薯片一片接着一片塞到自己的嘴里，说了一声"哦"。接着把薯片递给她，问："要吃吗？"

她一脸戒备地看着我："不吃，我要减肥。"

我把薯片收回来："这话我听的次数和你肚子上的脂肪细胞一样多了吧。"

"我这次是认真的。"

"你哪次不是认真的啊。坚持过3天吗？又不舍得运动又放不下吃，都胖了这么多年了现在想起来减肥了，我现在还想回去重新投个胎呢。"

"正是因为胖了这么多年了，所以不想一辈子就这么胖下去。"

她说完这句就进了自己的房间，关上了房门。

白桃是我好朋友兼室友。她从来没瘦过。

我小学的时候认识她，她就已经是个胖子。她粗胳膊短腿，扎着两个小辫儿，脸上的肉把五官都挤得快没了，体育课上别的小姑娘跳绳的时候一点一点，轻盈极了，而白桃一蹦一落，脸上的肉就跟着一颤一颤，看得人胆战心惊的。

初中的时候，她就挺高了。她坐在最后一排。原因是无论她坐前面哪一排，都有同学举手说"老师，白桃挡着我看黑板了"。她只能坐最后一排。教室不够大，最后一排和墙壁之间的空间对我们来说足够了，对白桃来说，却格外狭小，她只能坐得端端正正努力收着腹才能保证桌子不挤着前面的同学。

上了高中，白桃的吨位就更吓人了。有不少人嘲笑她，也有很多人拿她开玩笑。但是她总是笑嘻嘻地遮掩过去，丝毫不记仇，只是在夏天的时候，一脸羡慕地盯着班上女生的短裙。她是不能穿短裙的，她的肉太多了，必须要裹起来。这话是她自己说的。

白桃一直都是一个异性绝缘体。她几乎没有异性朋友。当然了，她同性朋友也不多。我之所以能和她成为朋友，最主要的原因是我们从小学就住在同一个大院里。

就这么一个白桃，这个笑嘻嘻面对大家的嘲笑的白桃，这个永远说着第二天就减肥但是照常跟我一起吃果酱和巧克力的白桃，这个已经被大家当成了"胖子"代名词的白桃，居然真的开始减肥了。

2

白桃不再跟我一起吃巧克力了。

我早上起床的时候她已经收拾完准备出门晨跑了。晚上回家的时候也不见她胖胖的身影在沙发上随着笑声一颤一颤。洗澡的时候忘了拿浴巾，喊一声"白桃"，屋子里空空荡荡的没有人应，打了两次电话，没有人接。我吹完头发，站在窗前，突然想起，每次我和朋友或者男朋友出去约会的时候，白桃就是这么一个人待着的。

白桃就这么一天一天地跑着，但她依然没瘦。冬天的时候，她指挥着运货工人，搬回来一台跑步机。

我问："白桃你干吗要买这个回来？"

她摇摇头不说话。

过了一会儿送货工人走了，她拿毛巾擦拭着那台新的跑步机，说："昨天我去跑步的时候，有个女的对她朋友说，看她，像不像一坨移动的猪肉。"

我没说话。

她说："我知道我就是。"

白桃开始在那台跑步机上没日没夜地跑。

早上我还没醒，就听到跑步机上的声音。

晚上我睡觉的时候，那个声音也还是在耳边。

她辞退了钟点工阿姨，所有的家务活都自己来，擦完地板擦桌子，擦完桌子刷马桶，再用手洗一整桶衣服。一刻都停不下来。

她话变得很少，每天拖着累瘫的身子回她的房间睡，仿佛看不见我，整个屋子里最受关注的地方变成了放体重秤的那个角落。

就连我们以前一周一次的去外面吃大餐活动，也跟随她的减肥计划一起取消了。

后来，她又盯上了针灸减肥。

她拿回来一堆各种各样的资料和传单，放在桌子上，一家一家比较研究。结果去的那家店医生医术并不好，她扎完针灸回来就完全吃不下饭，整夜整夜睡不着觉。

最后没瘦下来，反而顶着两个巨大的黑眼圈。

针灸减肥失败以后，她开始吃减肥药。

10分钟跑一次厕所，天天拉肚子，脸色苍白毫无生气，最后在一个夜晚，她晕倒在客厅，我打电话叫了救护车送她去了医院。

医生说，是由于减肥药引起的并发代谢性酸中毒。

她打着点滴，盖着被子，躺着，脸上的肉看起来都快溢出来了，再加上面色不好，就像一个滑稽的蜡像。

我坐在病床旁边，玩着手机，从她醒就一直不说话。

"对不起，让你这么晚送我来医院。"

我瞟了她一眼，依旧不说话。

"可能是天气冷了，比较容易感冒。"她用手抓了抓被单。

我盯着她。

"你也注意身体，别感冒了。"

我把手机往外套里一放，语气严厉："白桃你装什么装啊，什么感冒啊，要不是我起来喝水你死在客厅都说不定，减肥我不反对，要命不要命啊你。"

"反正以这副样子活着也很没意思啊。"

"你脑子进水了吧你。因为胖就得去死啊。你都胖了这么多年了现在想到减肥了。你减肥可以，你吃那么多减肥药还运动到脱水，你是没上过学还是没常识啊，减肥药减的是水分，过度运动消耗的是葡萄糖，跟脂肪没关系，你上次搞一出针灸，这回减肥药，你要折腾到什么时候啊？"

她低着头："我不想像这样过一辈子。"

"你真想减肥？"

"嗯，想。"

"好好养病，出院我帮你。"

"真的吗？"

"真的。"我点头，"免得你真把命玩没了。我先去躺一下了。明早还上班呢。"

3
—

白桃出院以后，我给她制订了一份减肥计划。

找了我做健身教练的朋友，列了一份食谱和详细的运动计划。

早餐补充钙和营养，一个荷包蛋和一份全麦面包。中午纤维食品，鸡胸肉加西柚。晚上水煮菜，不放油，再加燕麦汁。

这样既能不挨饿，又能保证营养，同时卡路里也不高。

游泳，打网球，瑜伽，慢跑。有空的时候我也陪着白桃一起运动。我们一周一次的聚餐变成了健美操，一周一次的电影时间变成了瑜伽课。

她不够灵活再加上赘肉多，很多我能做到的瑜伽动作她做不到，于是我们俩就对着镜子咯咯地笑了起来。

白桃瘦了。我是在半年以后的某一个午后突然发现的。那天我们出门准备去游泳。

我说："白桃你这衣服买大了吧？"

她说："我在淘宝上买的。跟我以前尺寸一样的啊。"

我仔细端详了一下："嗯，那你瘦了好多。"

她瞪大眼睛："真的吗？"

我认真地点点头。

也许是每天生活在一起，一点一滴的变化是感觉不出来的。

但是现在认认真真看，发现白桃瘦了好多。白桃减肥成功是最近的事了。她从一个160斤的大胖子，成了一个100斤的瘦子。

我一天天看着白桃变化，记录着她的体重数字。她的脸整整小了一半。我才知道，原来五官没有被挤压的白桃长这样。眉清目秀，五官端正。她的肚皮上留下了一层松垮垮的皮。问了医生，说很多减肥成功的都会存在这个问题，可以手术。

4

做完手术以后，白桃和我去买新的比基尼。她以前没有比基尼。只有泳衣，都是颜色灰暗的，样式老土的，以不显胖为目的的那种泳衣，虽然效果不明显。这一次我们买的是色彩鲜艳、样式美丽的。她一件一件看，翻完整个货架，开心得像个小孩子。

白桃说："同事们都说我像变了一个人。最近跟我一起去吃饭的同事也多了，男同事对我的态度也好了。"

"这些男人，就知道看脸。"我戳着冰沙，愤愤地说道。

"你知道我为什么下决心要减肥吗？"

"你以前不也说过很多回吗，不过就是这次坚持下来了嘛。"

"嗯。我以前老是说要减肥，但是都坚持不了太久，是因为我习惯了，我习惯了一个这么胖的我，我习惯了被大家嘲笑，我习惯了被排挤，我习惯了想要的东西连看一眼都觉得是罪过。高中的时候我喜欢那个男生，被他知道了之后，这件事直到现在的同学聚会，都是个笑柄，所以我从来不去同学聚会，本来也是，我那么胖，去的话，太格格不入了。"

"干吗把胖子说得一点儿生存权利都没有。"

"不是没有，是少太多。我做了方案，花了10多天，没日没夜地做出来的方案，公司一致通过了，去跟客户提案的却不是我，因为我长得不好看会给客户留下不好的印象。我只能在淘宝上买衣服，去店里买，没有我的号，就算有我的号，当我穿着这件衣服的时候，我都觉得我对不起这件衣服。女同事走路太快，和我撞到一起，咖啡洒了一身，所有人都说：'白桃你怎么那么不小心，那么大吨位，走路不知道看着点儿啊。'只有一个人，只有一个人站出来说：'我明明看见是她走路太快撞上了白桃啊，白桃又没错。'"

"谁？"

"一个男人。"白桃挑了挑眉。

"哎哟，我们这小白桃，是动了凡心呀。"

"我都25岁了，一次恋爱都没谈过。从小到大，喜欢你的男生送你回家，我走在旁边话都说不上一句。后来有人送你花，有人送你巧克力，有人送你戒指，有人在你半夜说饿的时候买一碗宵夜送上来。上次你男朋友过来接你，我看见他手机屏保上是你的照片。我也好羡慕啊。我也好想收到礼物，好想得到拥抱，好想像你一样，谈恋爱啊。但是我是个胖子的话，就不行。"

"所以是为了男人减肥咯？"

"最开始是的。但是到后来慢慢觉得，也不是。我很想知道作为一个瘦子，生活的世界是什么样的；我很想知道，作为一个瘦子，人生会不会美好一些。我知道人生在世，有些人注定是要成为人鱼的泡沫，但我不想那个人是我。"

"那瘦子的世界怎么样？"

"太美好了。"白桃说道，说完笑了一下。

她穿着背心压着腿，做着跑步前的拉伸，细胳膊细腿，像极了一个少女。

人生在世，有些人注定成为人鱼的泡沫。

但那个人不会是你。

那些不动声色
就搞定一切的人到底有多酷

1

　　我们身边，总会有这样一种人，举止平和，波澜不惊，喜怒不形于色，人群之中很难捕捉到他们的存在，但就在我们慢慢淡忘这个"不起眼"的朋友时，他却在某个时间、某个场合，被某些人谈论起来，谈论的焦点不是他的微小存在感，而是他不动声色地搞定了看上去不可能完成的任务，让我们或惊喜，或震撼。

　　这种人太酷了！

　　在这个鼓励天性解放，个性张扬的时代，每个人都想拥有自己的舞台，每个人都想成为焦点，万人瞩目的感觉何其之爽！但越是着急放飞自我，就越容易迷失自我。我们总是喜欢张开双臂，告诉所有人，我的梦想有多炫，世界有多酷，但绝大多数时候我们也仅仅停留在说说而已。

于是，一次次呼喊着"我要跑步减肥变美，我要通过资格考试，我要找到好的工作"，却一次次被自己勾画的梦想所嘲笑，最后，说说而已的梦想也就不了了之。

其实，当我们张牙舞爪地告诉全世界，我要实现我的梦想时，早已经有人在不动声色地默默开始行动了。我们喜欢在起点给自己不停地打气，他们却早已经背着行囊开始远行。

结果，最开始全世界都听到了你的梦想，但到最后，全世界只看到了那个不声不响却实现了梦想的人。

2

我那会儿跑步减肥的时候加过一个微信群，群的名字很有意思："死胖子跑步减肥互助团"，是一群希望通过跑步实现减肥目标的自嘲青年。微信群规定，3个月后，汇总群成员的减肥成果，一旦未完成目标，将扣除之前提交的保证金。

都说"有钱能使鬼推磨"，这群奉行的是"有钱能让死胖子跑"。

好歹也是几百块钱呢，装也得装出个样子来！群里氛围极好，有的上传自己的跑步记录，有的晒一下自己新买的跑鞋，大家跃跃欲试，摩拳擦掌，好像完成减肥的目标指日可待。这番热闹大概持续了一个月，除了群主偶尔提醒一下大家注意减肥进度之外，话语寥寥。

到第三个月的时候，群主公布了最终结果。拿到名单的时候，我们惊讶地发现，30个人的群，自动退群的就有6个，剩下的二十几个人，完成目标的只有3个，而且是3个从来都没在群里说过话的人。

当我们还在纠结是早上跑步还是晚上跑步时，他们已经穿上跑鞋下楼了；当我们抱着电脑对着一堆跑鞋挑来挑去的时候，他们前一天下单的鞋子已经到位了；当我们在健身房里拍了一堆照片告诉朋友圈我来过的时候，他们已经跑完了3公里。

那些不动声色的人，总是先人一步，不纠结，不焦虑。他们的世界里，没有做或不做，而是定下目标就先做了再说。

3

元宵节的时候，参加了一个生日趴，寿星是我的发小，从小学初中，一路到北京，十几年了，我们几个依然不定期地吃饭喝酒聊天。

生日趴的另一个主题是，他在北京买房子了！再一次把我们震惊了！说实话，他家里条件一般，当年学习成绩也只能算中等，在天津一所非"211""985"院校读完本科之后，就一个人跑到北京租个小卧室，硬是每天跑大半个北京城求职递简历，最后找了一家医疗软件公司做码农。

当年公司人很少，脏活累活全交他这个新人来做。说起专业技术，或许他不是最好的，但是他是最努力、最踏实的那一个。

记得那会儿吃饭聊天，他自嘲自己是名副其实的北漂，没房、没车、没户口、没存款，最大的梦想就是能在北京有一个家。我们那会儿还在读硕士，没有生活的压力，也不去想所谓的梦想，甚至觉得他的梦想不可能实现。

几年过去，他突然给我们打了一圈电话，让我们跑到燕郊去聚餐，因为他在燕郊买了房子！

7000多元一平方米，他买了个二手的小两居。我们坐着长途公交车，颠簸了2个多小时，来了次跨省旅游。房子不大，装修也是当时户主留下的，但看得出，他对于自己小家的爱，各种绿植、书画，全是自己跑到二手市场或者淘宝淘来的。

我们祝贺他不声不响地就把梦想实现了，他笑着说："还早呢，买不起北京的房子，先买个河北的再说。"

又是几年过去了，这几年，他每天早起坐公交，晃晃悠悠2个小时才能到公司，他说，他不光睡在燕郊，也睡在燕郊到北京的路上。公司这几年逐步壮大，他也从一个打杂的成长为部门经理。

有时候，我们几个坐在一起瞎聊，说什么时候才能有一个北京的家。他总是乐呵呵地说，别着急，不行就先和我做邻居，咱们曲线救国呗。

这下，他目标达成了，在亦庄买了一套小三居，虽说还是郊区，却不再需要每天颠簸着跨省上班了。更重要的是，他赶在了2016年房价上涨之前搞定了自己的家，而且是低买高卖，先定了房子，再卖燕郊的房子，燕郊房价已经从当年的7000多元涨到了那会儿的2万多元，赚了小200万元的差价。

那些不动声色的人，往往在我们喊着不可能的时候，就在默默积累着，寻找着人生的各种可能性。

4

经常会有一些朋友在公众号里提问：你是如何能够在这么短时间里做这么多事情的？

就像我标签里写的："半年10个 offer，3个月考上博士，1个月瘦了20斤。"其实这些听上去不可思议的成绩，主要都是因为，我比你老。

没错，看看这些提问的朋友资料，通常都是年纪轻轻的"小朋友"，他们求知欲旺盛，上进心爆棚，但或多或少都有一些迷茫，有时候也会有一些懈怠。但对比一下，那时的我远远不如你们这般积极努力。

你们看到了我1个月瘦了20斤，但我也曾经每年3月订减肥计划，然后持续一年徒伤悲；你们看到我3个月考上博士，但我考博士的想法可是整整拖延了3年多才下定决心执行；你们看到我半年拿到10个 offer，但求职初期那段时间的困惑、迷茫甚至自暴自弃，你们又怎能看见。

那些不动声色的人，往往看起来云淡风轻，背后却暗潮汹涌。他们不是不曾失败，而是失败了更多的次数，获得了更多的体验，才拥有了可以成功的经验和积累。

那些不动声色的人，在面对压力和挫折时，往往以一种向上的姿态来应对，想想被千人指、万人骂的情景，绝对称得上心大。他们的心足够大，坚持的意愿也足够强，更重要的是，他们始终相信：与其急着用语言反驳，不如用行动和结果让所有人信服。

最后，送大家一句话：

不动声色地承担、坚持、付出、前行。总会有一天，让所有人看见。

最大的问题不是你有多胖，
而是你愿不愿意
面对自己真实的人生

1

先说一个小丰的故事。

小丰是一个纯真的姑娘，她也不得不纯真。因为从她出生起，她就没有碰到太多复杂的事儿，父母虽然经常吵架，小家庭倒也安稳，母亲虽然强势，但对她也关心备至。她还有一个弟弟，弟弟多病，妈妈的注意力就基本落在弟弟那里。小丰乐得如此，因为这样，她就可以自由地生长。

小丰喜欢看书，喜欢做手工，喜欢画画，喜欢听音乐。虽然这些爱好因为家境平常而无法尽情地施展，但似乎也没耽误，反倒因为钱的阻隔，她对这些东西盲目的爱达到了比较高的峰值，反而获得了更多的乐趣。

喜静不喜动对于女孩子是一件好事，但偏偏跟"胖"联系在了一起。

小丰遇上胖这个难题比较早，她生下来就是个巨婴，一两岁时的外号是精粉馒头，那是一只受宠的精粉馒头，总是被人争着抱来抱去，到了小学时天天有人赞她可爱，耳朵都听出茧来，她听过的最不济的表扬是"哎哟这姑娘怎么这么壮实"。壮实的小丰飞跑而过时听了一耳朵这样的评语，对对方飞了一个白眼，不高兴了好几天。

小丰是没有美丑这个概念的，直到有一天妈妈非常语重心长地告诉她："你呢是丑时生的，所以长得比较丑。"这一句话深深地烙在小丰的脑子里。

很多年以后，小丰和妈妈说起这段回忆，妈妈说我没说过呀，我怎么可能说过，但小丰想，您一定说过，我还记得您说的时候我正在洗脸，是啊，那天脸盆里的水荡呀荡，像小丰被打碎了的心。

当然，事实也印证了妈妈这一说法。

和邻居的小妹妹一块儿出去玩，碰到一对叔叔阿姨，人家只夸小妹妹是个小美女，就是不夸她，她心里很急，一个劲儿地往叔叔阿姨面前蹭，心想，哎，没看见我吗？可是就算她在他们面前晃了一下午，他们也没有开口夸过她一句。

那一年初中和邻居兼闺蜜们去厂里玩，厂里有体重秤，大家嘻嘻哈哈地称体重，那么多姑娘都是在40上下跳动，但小丰一踏上去，指针直奔60，这是第一次，胖以那么直观的数字打击到她。

小丰当即羞愧得无地自容，还没等指针停下来，就赶紧蹦了下来，可是小女孩儿的眼多尖呀，也不说话，相互对视了一眼，小丰的心在那一刻就摔在了地下。

有时，小丰看看镜子里的自己，也会觉得嫌恶，觉得不好看，但不好看那就不看呗，家里的镜子形同虚设，小丰是从来不肯照镜子的女人。好在生活还有许多部分，可以看书，可以做贴画，可以翻《红楼梦》，可以写日记，可以不提胖这件事。胖是小丰心里的一头大象，虽然沉甸甸的，却可以关着当它不存在了，一路穿肥大的运动装，着跑鞋，剪短头发，大声笑，阔步跑，胖因此显得不是那么显眼。

高中时小丰是一个忧郁的假小子，她就是你在任何一个中国家庭里可以见到的那种怪里怪气不理人的小姑娘。家里来了客人，她总是黑口黑面面无表情地走过去。

她唯一的希望就是考上大学离开家。

2

她怪里怪气地拼命读书，但就算拼了性命，也只读上了一所三流大学。小丰记得她妈带她去做衣服，妈妈头一次让小丰自己选布料，没想到假小子小丰选的都是白色，纯白色的半透明的轻飘布料是要做一条长长的双层白裙，白色上面起花的料子是想做一件肩上有花的白衬衫，这是小丰梦想中的自己，雪白的一身，肩上一溜细花，量腰围的时候，她吸紧了气，以至于裁缝说，不要吸气，要不然你穿的时候就难受了。可那有什么，穿的时候难受算什么。小丰想，上了大学她就要恋爱，她就要当仙女了，光明就在前面，新生活开始了。

但大学的新生活好似并没有开始，除了没有人管，大学显得如此疲惫不堪。小丰穿上了白裙子准备去恋爱，可是她不知道恋爱怎么谈。她暗中打量过一个又一个男孩子，却从来没有主动和他们说过话，她的感情是黑暗房间里种下的花，还没有见过阳光就已经悄悄枯萎了。

后来，她喜欢上了同桌男孩儿，可是还没有等她打开门，她就发现人家追的是一个叫"公主"的女孩儿，那女孩儿也穿白裙子，但人家那腰，细得盈盈一握。小丰自卑极了，是呀，人家那么美，自己那么丑，可是怎么办？小丰还是爱和他聊天，爱他说话的声音，爱他抽烟的样子，发现他和她太多共同的爱好，小丰想：是不是上帝造人时把同一块陶土捏成了两个人，而其中的一个陶人变了心……可小丰也没痛苦多久，同桌开始痛苦了，因为"公主"有了别的男朋友，同桌很痛苦。一天深夜，小丰听见同桌在女生楼后面唱 Beyond 的歌，歌很好听，小丰认真听了半夜，眼泪浸湿了半个枕头，虽然她知道那不是唱给她听的，"公主"就睡在她的隔壁。

不就是没有"公主"那么瘦吗？小丰想。

暑假的时候，她开始不吃饭，她开始用很紧的腰带束住自己，她开始每天睡觉之前做100个深蹲，她悄悄地待在黑暗里听自己气喘吁吁，她要变瘦她要变美。

果然开学的时候，她瘦了10斤，她用最多的钱买衣服，可是任凭她怎么变，同桌连看都不看她。毕业舞会时，七八个男生逼着他邀她跳舞，最后他倒是跳了，但是挑了一首曲子，居然是《谢谢你的爱》。

小丰越跳越觉得委屈，没有跳完这支舞就走了。

小丰参加工作，变成了一个公司的白领。小丰偶尔也谈恋爱，可是每一次相亲对小丰来说都是打击，只要她一出现，那些男人的眼光一看过来，小丰就知道他们一定会投来鄙视的目光，他们一定是觉得自己太胖！不美！这种感觉让她难受极了。

男人总是爱美女，恋爱总是谈不长，每结束一段感情小丰就开始暴吃，胖回去；然后再减肥，重新开始；再相亲，又分手，又暴食，生活好像就在这样的小圈子里转来转去，再也走不出去了，小丰似乎永远都快乐不起来，每一个男人走的时候，她都会再一次确定一个事实，是的，她太胖了，谁想跟太胖的女人谈恋爱呢？

3

有一天我偶然放了一张20岁时的照片到朋友圈，得到了150个赞，突然想起一个问题，那就是在我最年轻最漂亮的年月里没有一天觉得自己是漂亮的，我一直在嫌恶自己，这真是毕生最遗憾的事。

我一直到35岁以后才学会接受自己，真亏呀，可是比我更亏的是那些一辈子都没有接受自己的人。比如小丰，他们的共同特点是永远都不满意自己现在的样子，作为一名曾经的胖子，当然现在也不瘦的人，我很想问那些在世界面前瑟瑟发抖的小丰们一个最简单的问题，其实你究竟有多胖（矮、小、丑……以下类推）？胖到令你如此万念俱灰寻死觅活，胖到你把目前所有的一切不幸都归结于你的胖，因为胖，你找不到好的工作，找不到好的男人，找不到好的待遇，找不到好的运气。

有没有想过，其实一切不幸不是因为你胖，是因为你认为自己胖而造就的那个真的很挫很丧的自己，那样丧头丧脑的人有谁会喜欢呢？有谁会愿意跟你交朋友呢？

4

小丰最爱说的话，是每次出门都会看到别人鄙视的眼神。其实我很想问她你哪只眼睛看到了鄙视，那鄙视是你自己的鄙视吧！这种鄙视上升到极致就成为一种心理疾病。

所谓"体象障碍症"就是无限放大自己的生理小缺陷，并上升为对自己生活的全盘否定，其中最深层的心理原因，也许是借着这个理由，你就可以回避人生其他的问题吧。比如你愿不愿直面人生，比如你敢不敢让自己成为一个自信的人。

"这世上确实没有减不下来的肥，只有不愿意改变的人生。如果你真的认为你太胖，为什么你不认真减肥呢？"这是很多有强大人格的人的问话方式，我不敢这么问，因为作为一个长年奋斗在减肥第一线的人，我知道真正的减肥有多难。

可是如果减肥可以让你看起来年轻10岁，如果减肥可以让你活动时轻盈如风，如果减肥可以让你更加自信，那为什么不呢？如果我们有缺点，那就只有按这种方式生活，即缺点不那么像缺点，让优点更像优点。除非你不幸有家庭遗传或者药物肥胖这种无法更改的事情，否则，为了让缺点不那么像缺点，开始减肥吧。

真的，它是通向自信的一条最短最直接也最简单的路径。

我的朋友小菲，原来是个看上去有点儿敦实的大嫂，后来她每天坚持跑10公里，她把自己跑成了一个比原来小一号的美女，而且她还变得更快乐更开心，这是我亲眼看到的现实，基本就是这样吧。

如果你开始控制你的体重，也就意味着，你可以开始控制你的人生，作为一个健康的人类，有什么比那种把自己的命运握在手中的感觉更让人自信的呢？

5

对自己的肉体，保持强大意志力是一件很牛的事情，说明你的意志凌驾于肉体之上，而不是肉体凌驾于意志之上，这是你身为高等动物最高等的地方。陈丹青老师告诉我们，在最高意义上，一个人的相貌，便是他的人。

我的理解是，这相貌不但包括了脸也包括了身材，脸我们无法自主，但人过了40岁以后，一个美人的脸和一个丑人的脸能有什么质的区别呢，但一具肥胖臃肿的身体和一具健康苗条的身体那是绝对的有量级的区别，毫不客气地说，那几乎就是10岁的差别。

40岁以后，我们不但要为自己的样子负责，也要为自己的身材负责。因为人和人的差异首先就呈现在身体上，身体反映了你的生活质量、你的理念和你的价值观，你的身体永远先于内在与教养到达别人的面前。

如果你要了解一个人，你只需看看她的身材看看她的面容看看她的眼神看看她的胳膊看看她的手指。恕我直言，很多很年轻就号称减不下来的年轻人（排除疾病因素），大部分都有难以介怀的心理阴影。有一种说法是，肥肉是你不愿意面对的自我，肥肉越多，说明你不愿意面对的自我越多，这真令人伤感。

我活了40年，也和肥胖面对了40年，一直到最近几年，我才找到和它相处甚欢但又决意两别的办法。

6

首先，我接受自己是个胖人，我接受自己的易胖体质，就像我接受自己不美，接受自己可能并能拥有完美人生这个事实一样。是的，我接受，这没什么，不完美是正常的，谁是完美的呢？

奇怪的是，当你真正接受了自己，你会变得更有力量，这个时候，你再试着去找一条适合你的路，或许你爱快走，或许你爱有氧健身操，或者你爱健身器械，或者你觉得节食更有用，又或者你更爱村上春树式的长跑。你去做，去做一切能保持你身心平衡、让你更快乐的事情，这其中，就包括减肥。

嗯，姑娘们，真心说一句，接受自己的感觉很好，但有能力改善自己，会让你感觉更好。

加油！

"你不就是长得好看吗？"
"呵呵。"

1

  和读者们闲聊。一个姑娘说，她刚结束一场大型国企的面试，对手都是"985""211"名校的硕士，她一个二本毕业的小透明，瞬间被秒成渣。

  另一个姑娘淡定地讲，她大学毕业也去面试国企一个工程师的职位。同样面临名校高学历竞争者，面试官问她有什么优势，她说"我长得好看"。其实当时没抱什么希望，没想到竟然PK掉很多研究生学历和有工作经验的人，被录用了。

  想起电影《女人不坏》里的经典桥段，女主角问老板，"你到底看中我的能力还是美貌？"老板悠悠地回答她："你的美貌就是你的能力。"

我不禁思索，为什么连不需要抛头露面的工作，好看的人都会有更好的运气？

美貌本身只负责赏心悦目。一个人的美貌背后折射的，是她对人生的热爱，是严苛的自律，是不放低标准，不将就不凑合的态度。

因为只有热爱生活的人，才会热爱工作；只有对自己的外貌有高要求的人，才会对其他事情有着高标准严要求。

勤奋和自律，更是职场上不可或缺的竞争力。

就像美国的一个导游说过，其实从一个人的身材和容貌就可以区分穷人和富人。富人一般都很瘦，因为他们更勤奋，他们的工作时间更长；他们更自律，吃低热量的健康食物，坚持健身和运动。

2

我的一位忘年交老姐姐，没有读过大学，20多岁才从农村来到城市。租住在阴暗潮湿的筒子楼，和人共用厨房卫生间。

可是，就在那样的环境里，她依然很爱美爱生活，像一棵妖娆的植物，从泥泞里开出花来。

她每天清晨把热水烧开了放凉再洗脸，能力范围内买最好的护肤品，夏天出门一定要打遮阳伞，自己设计衣服的款式，买布料到裁缝店做衣服。

筒子楼里没什么秘密。大家都在排队用厨房，排队打水，习惯了衣着邋遢、愁眉苦脸。他们说起她，用的绰号是，"穿成那样的女人"。

"穿成那样的女人"不久就离开了筒子楼，因为她拼命工作，赚的薪水越来越多。她租了更好的小区公寓，后来买了房子，一路像开了挂一样，做到某个集团的销售总监，30多岁的时候拿着百万年薪，满世界飞。

如今她40多岁，依然爱美，品位一流。

木心在《论美貌》里说过："别的表情等待反应，例如悲哀等待怜悯，威严等待慑服，滑稽等待嬉笑。唯美貌无为，无目的，使人没有特定的反应义务的挂念，就不由自主被吸引，其实就是被感动。"

感动催生希望。所以美是有能量的。它会让一个人在艰难贫困的人生境遇里，依然保有乐观、希望和进取心。

3

前阵子我被琐事困扰，常常陷入沮丧和悲观的情绪。照镜子，吓了自己一跳，目光呆滞，黑眼圈越来越明显，皮肤粗糙，下巴冒出了几颗痘。

我赶紧去美容院求救，连给我做美容的小姑娘，都小心翼翼地问："娜姐，你最近是不是太累了。"我的心沉了一下。因为过去她们和我打招呼是这样的，"娜姐你穿这件风衣真好看"，"娜姐你看起来像'九五后'"。

做完脸，捧着一杯洛神花茶跟其他顾客闲聊，听着她们讲平时怎么护肤，怎么搭配衣服，房间里仙乐飘飘，花香缭绕，我的心情居然莫名好起来。

回到家，我翻出很久不用的香水和口红，镜子里的人明亮起来，我也终于打起精神，去处理那些无法回避的繁杂琐事。

我写过很多关于美的故事。

失恋的姑娘，跑去健身房挥汗如雨，更加深刻绵长的痛苦，终于击败了失去爱人的内心崩塌感。她练出傲人身材和马甲线，在日复一日的自我较量中，获得继续前行的力量。而我自己经历过被美好的自己拯救，才有了更深的领悟：如果没有美，生活只会展露出最粗陋不堪的一面，你会掉下去，陷入情绪的深渊，生无可恋。

哭完了，悲伤过了，我们还是要穿上高跟鞋擦好口红，美美地去战斗啊。

4

不知道你有没有这样的发现，高中时候那些美女校花，到了30岁大多成了庸俗妇人。她们在人群里不再有辨识度，不再闪光。而那些30岁美得清奇、有味道的女人，通常10岁、20岁的时候并不是美人，甚至非常普通。

老了就更神奇了。那些慈眉善目、面貌讨人喜欢的老太太，大多内心善良，举止优雅，谈吐有趣。而庸俗、粗鄙的老人，常常面目可憎。

30岁之后，一个人好不好看，基因的力量越来越微弱。

经得起岁月的美，蕴含了一个人的德行、内涵、学识、能力等精神方面的优秀。

读研究生的时候，我和新疆某油田合作一个项目，经常要去现场出差。有一次我拿着一堆资料找某个所长签字。敲开所长的办公室，我呆了一下，女领导一袭紫色西服裙，画着精致的妆，眉眼里都是笑意，她50岁了，美得摄人心魄。

工作后，见识过很多优秀的女企业家、女领导，都是保持着纤细的身材，举手投足散发着魅力，自带闪光灯效果；听她们谈话，更是为其卓越的见识和才华所叹服。

20岁时长得好看是运气，30岁、40岁、50岁依然好看，是本事。

我很喜欢看美剧。有一个原因是，美剧里的女人哪怕80岁了，也会擦口红，坦然自若地去店里试高跟鞋，自信地接受赞美。

美、自信、新鲜、热情，这些美好的词不会因为她们不再年轻，就取消她们拥有的资格。《庄子》里讲，"天地有大美而不言"。美，是这个世界最大的爱和善意。

我想一直好看下去。80岁的时候依然美美地、安静地写文章给你们看。

你既胖又懒，
是因为没对自己下狠手

1

自从我在某期节目里面说自己花了将近1个半月的时间减肥20斤之后，我的微信公众号的后台就不断有读者追问我到底是怎么做到的。

我的回答只有两个字，打击。

我曾经在一本书上看到过这样一句话："看一个人的身材，就大概知道他的修养。"

在拥有好身材的青春年少，我觉得这句话有点儿夸张，可是一路摸爬滚打长大，才意识到这句话的深意，如果你缺失了这种修养，那你变形的身材和你早衰的颜值，会让你的心在看脸的残酷现实中低到尘埃里。得不到优秀又富含正能量的内在可拼！

我长胖是在大学毕业的一年时间里，因为平时工作不需要运动加上一颗纯吃货的心和一张永远放任自己享受美食的嘴，让我在短短一年内长胖了20斤。

长胖其实是无形之中的，那种积累和沉淀会让你在无知无觉中自然接受了这个事实。假如说生活不给你来一个迎头痛击。你是不会意识到自己长胖的事实的。

2

我的第一个打击源于同学聚会。

同学聚会是一个让人又爱又恨的事情，你一边期待着和许久未见的老友相聚，一边又害怕被各种比较摧残得无地自容。

男孩儿的攀比多半源于工作的好坏，而女孩儿的攀比绝对是源于面相的美丑。

是的，很多许久未见的闺蜜们都变美了，一个个踩着细高跟鞋把自己装扮得色彩缤纷，姿态优雅地占据所有男生的目光。

轮到我的时候，几乎所有人都在感叹：一年没见，你怎么变得这么胖了？对啊，在你身上到底发生了什么啊？咋变成这副德行了？就是啊，瞧你大学那会儿身材多好啊，说说现在长胖了多少斤啦。

聚会时同学看似谈笑风生的话语，调侃中似乎有无数个刀片刺入心脏。让自己不自觉地自惭形秽起来。那个时候，减肥的种子便埋进心中。

我的第二个打击源于爱情。

其实和大部分人一样，喜欢上一个人的时候就会嫌弃自己的各种不美好。可能正是因为长胖吧，当时碰见了自己喜欢的男孩子，没有勇敢表白，打了退堂鼓。过了不久之后，他就跟别的姑娘走到了一起。女孩子都会有这种自虐的心理，总会不自觉地拿自己喜欢男生的女朋友来跟自己比较。

当时看见照片中女孩儿纤细的模样，有那么一瞬间心中苦涩，心有不甘。减肥的决心也不由得在心里更进一步。

面对这重重打击，最终让我下定决心的其实还是自己的思想真正意识到了它的重要性。

如果你连自己的体重都控制不了，怎么信誓旦旦地说要控制自己的人生呢？

3

人只有对自己有了要求，才会对其他东西有要求，一个为让自己变得更好愿意付出努力的人，才能为了目标而不怕辛苦地奋斗啊。

为什么别人可以做到的事情，自己却偏偏不行呢？

其实那些嘴上只会嚷嚷着减肥却没有付诸实践的姑娘们，你是否也曾买了一堆健身设备打算大干一场，抑或是拐着闺蜜办了一堆健身卡之后就丢在了一边？为什么要让减肥永远停滞在正赶往减肥的路上呢？

如果你真的瘦下来了，你就会发现瘦了美了，会让你整个人都变得异常自信，出门都会倍感快乐。所以不要让自己永远停留在既胖又懒的状态中，是时候对自己下狠手了。要知道胖是懒惰的表现，体现了你糟糕的自控力，胖同样是你难以维持自信的表现。

4

如果你真的想瘦下来，你就必须做到以下三点：

第一要懂得约束自己，控制自己的意识，减肥是一个靠意志的过程。

其实减肥就跟你喜欢一个人一样，要花心思和精力去投入其中。当你拥有减肥的意识之后，不要让这种意识维持的寿命太过短暂，你要不断地提醒和约束自己。瘦下来，这个世界就是我的了。

当然这种意志的培养是需要你用长久地坚持来维系的，你可以不必为了迎合别人而去改变自己，但是你一定要认识到，20多岁的女孩应该要学会对自己的外貌负责，了解自己真正适合什么，需要什么，并且为之付诸行动。

别再做一个"土肥圆"了，你要学会问时光要一张闪亮的名片，来给自己的20多岁增加它本身的意义和价值。

第二是管好自己的嘴，远离垃圾食品。连嘴都管不住，你还能管住什么？

食物是减肥中的最大阻碍，很多人在减肥的时候总是控制不了饥饿感和食欲感。其实，科学的减肥方法并不是节食，而是要学会择食。

少吃多餐，以及夜晚9点之后，千万不要再碰垃圾食品，这些都是减肥中对饮食的最低标准。像我之前减肥的时候，分析过各种食物的卡路里，尽量在饮食之中多吃一些低卡的食物。

久而久之你会发现，你既能正常地饮食，吃到美味的食物，还能够控制体重。切忌不能断食节食，这种减肥是最低级的减肥，即使你快速地瘦下来了，也许过不了多久你大开吃戒，很快就反弹回去了。

第三是科学运动，互相监督，培养健康生活方式。

最后一点也是最重要的一点：运动。但是又不得不提醒大家，科学运动非常重要，有过减肥经历的小伙伴都知道，运动得不科学是非常容易锻炼出肌肉腿的，或者没有减肥成功，反而练出了一身肌肉，更有甚者是根本没有瘦下来反而反弹得更加厉害了。

所以科学的适当的运动才是最为关键的。

怎么才能知道自己是否在进行科学的运动呢？怎么样运动才是最为有效的减肥方式呢？在没有人监督的情况下，你的运动又能坚持多久呢？

问问自己是不是也正面临着这些困扰。其实，说到底减肥就是场享受小人 VS 自律小人的战争，很多人其实并没有那么强的意志力，容易放弃，尤其是在运动方面。你包包里那些过期不候的健身卡就是非常好的证明。

你需要有人监督和陪伴，而身边的朋友其实又不会那么严苛地督促你，甚至有时候两个人还会互相纵容。久而久之，不但没有瘦反而一起胖了。

我们辛苦地健身，是为了理直气壮地吃甜食；努力地工作，是为了财物和时间双双无限逼近自由；拼命地学习充电，也是为了游历世界时能更好地感受和解读。

你可以不美，但是你不能够既胖又懒，生活有的时候就需要对自己下狠手。

过了二十岁，
要有瘦一辈子的本事

1

说到减肥，真的是很多人生命里一件让人咬牙切齿的大事件，一谈及此，真是想两手一摊就地躺倒，和这个以瘦为美、越瘦越美的世界就此别过。

作为一个后天发胖型选手，第一次意识到自己胖是在高中的一节体育课上。老师点一个女生上前做立定跳远示范动作，她的身体轻盈，像小鹿一样稳稳落下，我也试了一下，像树桩砸在地下。

从那以后，我突然觉得自己很胖，胖得无法忍受，像开了挂一样开始减肥，早上只吃一个水煮蛋，晚上肚子饿得咕咕响，灌半桶水，也就好了。那时哪懂什么热量差、基础代谢、体脂率，只想着少吃一口算一口，可这种没什么套路也不科学的减肥方法，多半以暴饮暴食告终。

更可怕的是，随着高考的来临，瓶瓶罐罐的营养品像鸡血一样进入我胃里，啊，拥有一天好精神，外加10斤肉。

于是深孚众望地，那年我以120斤的历史纪录毕业了。而后的大学生涯里，我又曾两次改写历史，再攀高峰。但无论是出于什么缘由，肥胖带给我的打击都是难以言喻的，更何况我是一个曾经瘦过的人，这算什么？仿佛上天给你一袋金子，转眼发现被换成了黄泥，这可是两眼一抹黑的绝望啊。

2

我那时的男友特别纯粹，特别不以貌取人。我在他眼里相当于90斤，所以即便我胖到无论怎么化妆都拯救不了的地步，他还是一如既往地认为我现在"刚刚好"。可是最后我们分手了，不是因为他认清了身边站着个120斤的仙女这个事实。而是，我不喜欢我自己，如果我连自己都不喜欢，又怎么可能喜欢别人呢？

一个人要是每天都活在自怨自艾、无精打采、自我厌恶的情绪里，是根本无暇顾及身边人感受的。这些年我总是躺在床上想一个终极问题，如果上天让我瘦10斤，我该如何合理分配，腿上各3斤肚子2斤手臂2斤。或者如果上天给我一把神奇的减肥刀，哪里不要削哪里，凭我的美术功底，削成骨感纤瘦的女孩儿应该没问题的。真是想想都爽。

可是作为一个成年人，总要从自己的幻想里走出来。看看周围的世界，多少人在减肥的水深火热中苦苦挣扎。我微信朋友圈常年有人运动打卡，有的能坚持1个月，有的3天，有的给自己做做减肥餐晒个漂亮图，有的建个群互相发些血脉偾张的肉体。

而最近发生了一件大事把所有人都点着了，那就是：春天到了。这意味着，夏天就在不远处候着。

这像一个必然会引爆的炸弹，只有"瘦子星"的人可以幸免于难，剩下个那些"微胖星"的、"很胖星"的、"胖到绝望星"的，统统会在这个哪哪都露的季节里被炸飞。于是我晚上再也约不到人一起吃宵夜，朋友圈里甚至有人放出话来，开局赌10万，3个月瘦10斤，现场公证，输了认罚。简直残酷。

可是无论放出多少大招，威逼利诱或是自绝后路，一个人想要瘦下来，却只有一条路：合理吃饭，扎实运动。在经历了无数次反复和重整旗鼓后，我发现这条路就像真理，越辩越明，万变不离其宗。今天我不想告诉你们要怎么运动、怎么吃早餐、怎么喝水，那些东西你们网上随便一搜都有大神们的完美教程，轮不到我出攻略。

3

我想说的是一种态度，就是没有一个方法会比把减肥变成日常生活的一部分更有效了，这个观念要渗透到你生活的角角落落，变成一种惯性和警戒机制。

不要列计划，无论是1个月还是5个月，不要给自己设deadline，因为你不是赶着瘦到目标体重就可以放纵自我为所欲为，你是要瘦一辈子，所以一开始就要选择自己最喜欢的、最舒适的、最习惯的方式去进行，有人问，那没有任何运动、饮食习惯也不喜欢怎么办？什么怎么办，make it啊，让身体接受，让它习惯和喜欢。你的身体难道不是自己说了算吗？

这个过程只在最开始会比较难过，因为你要习惯把早已长在沙发上的屁股挪去健身房，无论怎样保证一周3次，不用太拼，哪怕只是跑上半个小时然后蒸个桑拿也很好。要走进曾经视而不见的运动品商店，出门办事能走则走，电梯也是，能不坐就不坐。要习惯顺手看一眼食物上的热量表，也用不着刻意计算，加加减减劳心费神，只要把百克超过300大卡的那些食物扔出购物篮就好，节省下来的热量，去吃顿有幸福感的下午茶。

你也要习惯不要吃得那么饱，七分刚刚好，如果真的饿，也不要犹豫，想吃就吃。这所有的一切，都要以"做上一辈子"为前提，如果感觉做不到，就减掉一点，如果觉得轻轻松松，那就逐渐加上睡前按摩、多喝水、自制早餐，戒除油炸食品和碳酸饮料。

我特别喜欢可乐和黄油，每天都要吃，同时也是个夜食怪，11点后的那一顿宵夜是全天幸福感的来源，即便运动再辛苦，我也不会为了快快瘦下来而杜绝它们。我照吃不误。因为身体是很聪明的，如果你无法一辈子忍饥挨饿，戒除美味，就不要逞一时之勇，不然在和欲望搏斗的反反复复中破坏了基础代谢，才是越来越难瘦的根源。

在合理的作息饮食上也尊重自己的喜好，是持之以恒的关键。

4

如果你仅仅是因为一个外因而下决心改变自己，这个决心通常会变成心虚：为了喜欢的人减肥，结果战战兢兢下不了决心，不知道付出是否有回报；为了穿漂亮衣服减肥，结果看到美食立刻就心猿意马，摇摆不定。

而内心真正的驱动是，我不为了任何人、任何事去减肥，我就为了满足自己，我就是想变瘦，变漂亮，我的外在配不上内在，那我就让它配得上。只有这样你才不会犹豫，才不会计较得失，因为取悦自己，简直是这世上最天经地义的事情。

功利点说，胖的人生和瘦的人生，在当下这个审美如此苛刻而单一的环境里，真的非常不同，求职的时候不同，交朋友的时候不同，谈恋爱的时候不同，甚至得到家人爱的程度也不同，倒不是因为胖一定代表不好看，而是因为很少有胖子真正喜欢自己的样子，即便他一开始是不在意的，但在外界压力和周围人指指点点下也会开始自我怀疑。

这种不自信的情绪，会变成人身上的特质，折射在周围的世界，让机会望而却步。而自信的人生，真的相当于开了挂。

一个关于"胖是什么体验"的提问，有人说，买了一双当季流行的绑带鞋，穿上后发现，真像渔民。还有一个回答说，总以为瘦了就什么都好了。

唉，春天都来了，还等什么呢？

他会喜欢一个胖子，
绝不会爱一个胖子

1

多年之前看过一部电影，女主角什么都好，唱歌好听，性格好，唯一一点不好就是胖。胖到整个人都臃肿了起来，连走路都是一颤一颤的。她很喜欢男主，因为男主很温柔，可是后来发现男主是喜欢她，不过他更喜欢她的嗓子。

女主绝望，痛苦，于是去整容，变瘦。她变成了一个大美女。

她真正变美了以后，才发现，世界都美好了。男主真正爱上了她，所有见到的人都夸赞她，哪怕后来男主知道了真相，心有犹豫，片刻之后，依旧还爱着她，能不爱着她吗？她现在这么美。

电影给了我们一个虚幻的完美结局，所有人都知道了女主原来肥胖而丑陋的模样，可依旧爱着她。

不过我却开始明白，当你是个胖子的时候，会有人喜欢你，可是很少会有人爱你。当你丑陋的时候，或许长久相处下来觉得你不错，可是第一眼之后，别指望其他人发现你美好的心灵。

时间太匆匆，大家当真没法透过你那丑陋的外在发现你内心的美好。

2

初中时有个朋友，是个胖姑娘，个子不高，1米5，却有150多斤。

她走路的时候脚不自觉地总是向外张开，明明穿在我们身上宽松的校裤，她穿着却感觉有点儿紧，腿绷得直直的，看上去有些别扭。朋友挺胖的，但是人特别好，有什么事情总是主动帮忙，和她相处久了，你自然而然就明白，她什么都好，就只是胖了一点儿而已。

那时候，班上小男生起哄，总是"胖子胖子"地叫，我看见她，总是涨红着脸，想要辩解，可是身上一堆肉，却是无力反驳。

她的胖，是事实。

可胖姑娘也有喜欢的人啊，那个人长得不高，也不帅，可是笑起来的时候，让人觉得特别温暖，很是舒服。最重要的是，这个男生从来不叫朋友胖子，他总是轻轻地叫她名字。

朋友说："第一次觉得自己名字好听。"原来，从好的人嘴里说出来，自己的名字也是这般温柔的。

每次面对他的时候，朋友总是面红耳赤，张皇失措，她以前没有自卑过，可是有的时候，低下头来一看，捏捏自己的赘肉，却也是深深感受到了强烈的无力感。

青春时期，少女柔情，有些东西想要瞒是瞒不住的，朋友有天拦住那男孩子，禁不住问道："你觉得胖一点儿，好吗？"

那少年颇有教养，说："女孩子，胖一点儿，有福气。"朋友心花怒放，恨不得昭告天下。却在下一秒，又被瞬间打破，"不过，还是不胖的好，毕竟瘦点儿好看。"那少年笑意冉冉，说话的时候依旧温和，朋友却无奈地发现：他是对自己挺好的，也算是喜欢自己了，可是啊，他绝对不会喜欢一个胖子做女朋友。

这一声告白，还没有说出口就受了伤。

朋友告诉我："谈恋爱，其实挺势利的，大多数帅哥都配美女，哪怕平凡男人也想要找个清秀小美女，这世界对胖子，有时候挺无情。"

3

　　朋友去减肥了，其中艰辛自是不必说。

　　高中3年，还是个胖子，不过从150斤降到了120斤，看上去，虽然说还是圆润，倒没让人觉得胖得过分了。

　　上了大学，更是积极锻炼，从120斤，硬生生减到了90斤。

　　微博上说，所有的胖子，都是一个潜力股。

　　朋友瘦下来的时候，的确很好看，原本被肥肉占满的五官，现在也是越发地立体了起来，精致而柔美。画个淡妆，换上高跟鞋，也是走在路上让人会转头的美女。

　　"我从来没有觉得世界对我那么好过，瘦下来，整个人都轻了，从出生到现在，第一次发现自己究竟是什么模样。"

　　当你变好了，世界变美了，帅哥也就来了。

　　朋友交了一个帅哥男朋友，有次她把她从前的照片给她男友看，告诉他："这是以前的我，换了以前，你会不会喜欢我。"

她男友还挺逗，看了照片半天说："换了以前的你，有可能压根就不会认识你，但是若是认识你，了解你，还是会喜欢你。"

"那以前的我当你女朋友好，还是现在的我当你女朋友好？"朋友男友半天没有说出话来，朋友挥了挥手，似乎是毫不在意地说道："不管怎么样，反正都是你。"

可是她转过头来告诉我："换了以前的我，他如果认识我，他会喜欢我，可是啊，不会爱我，不会让我做他女朋友。因为当我以胖子的形象出现在他面前的时候，我的定位就从来不是女朋友。不过我瘦了，他的女朋友只能够是我。"

朋友乐呵呵地一笑，一脸开怀的模样。

4

我们都是视觉动物，世界有很多不美好，所以，总归是希望通过眼睛去捕捉那些美好的东西。

我们都说，这个世界给美人太多优待，可是啊，美本就是如此难寻，满足了眼缘，自是想要给予一些优待。我们都说，这个世界对丑人太多苛刻，可是啊，丑本就是糟心事，人会不自觉就想要挥手告别。

爱情本来就是一件公平的事情，你想要帅哥做男友，你也得内外兼修。

你是一个胖子，不是你的错。若是不介意，一直都当胖子，也照旧可以。可是若你希望更加美好地体会这个世界，请想尽一切办法瘦下来。身体轻了，吹过来的风也温柔了，身边的人也会对你笑了。

因为当你变美好了，世界也对你温柔了。

别说别人以貌取人，平心而论，我们都喜欢美好的事物。

5

上面提到的那部电影叫《丑女大翻身》，男主虽然最后依旧爱上女主的内心之美，可是若是没有焕然一新的女主的出现，他永远都不会爱上所谓的心灵美。电影讴歌心灵的美好，却始终无法否认，外表美起来，才能够让人看到你的美丽心灵。

所以，请给你喜欢的男生一个接近你的理由。

你看上去这么好，他才会不自觉地就想要靠近你。更何况，难道你终其一生，都只愿意屈服在这沉重的外壳之下，连真正的自己都没有看见过吗？努力地成为一个让人一见就觉得美好的姑娘，身心如一，而非一个心美身丑的姑娘。

要知道，你的好，值得世上的一切来般配，包括你美好而又纤细的身形。

你爱的人不爱你，
你可以更努力爱自己

1

从小到大的我都是一个又丑又胖的男生，体重超出同龄人许多，肚子上的游泳圈像一块胎记从未离开过我。

后来上大学之前，我花了一整个夏天减肥成功，摆脱了可怕的赘肉，再也不是那个毕业照上脸最圆的胖子了。

大家在惊讶我怎么会有如此大变化的同时，还有很多人问我是怎么做到的，经常会看到留言或是评论，向我咨询怎么减肥、怎么坚持下去等问题。

可在某一天，我的微博收到了一条看完让人十分难受的私信。是一个女孩儿的留言，她说因为肥胖和懦弱的性格，被班上的男生取了很难听的外号，全班男生都跟着一起起哄，甚至大庭广众之下嘲讽她，后来她得知那个给自己取外号的男生竟然是自己一直暗恋的人。私信中我能看出她内心的苦涩，最后她问了我一个问题，到底该不该为了让大家喜欢自己，为了那个自己喜欢的人瘦下来？

我犹豫应该如何回答她时，忽然想起了关于我和P的故事。

2

当我决定瘦下来的时候，我还不知道接下来的日子将面临怎样的痛苦。我在我家附近的健身房办了年卡，每天一大早就背着包去跑步。因为急于求成，我选择了不健康的减肥方式，就是节食减肥，每天只吃一丁点的素食，饿了就喝水，累了就睡觉。

刚开始跑步的那几天，每天全身酸痛到不行，加上不吃饭，饥饿和疼痛让我几乎接近放弃的边缘。但为了瘦下来，我忍着坚持了下来，一个月过去，体重明显下降，我看着体重秤上的数字变化，心情比吃了一顿大餐还要高兴。

我是在男厕所遇见的P，我第一次看见她的时候，她趴在马桶前面抠着嗓子眼呕吐，脖子上的青筋暴起，整张脸涨得通红。在男厕所见到一个女生，惊吓又尴尬。我问她怎么不去女厕，她说女厕的门被反锁了，只能无奈选择了男厕。我问她还好吗，她点点头让我帮她在外面看着，等她吐完再离开。

看着她难受的样子，作为一个什么也帮不上忙的陌生人，我只好在一旁陪着她，等她吐完倒一杯温水给她。她接过水，然后从口袋里掏出一个药瓶，倒出来两粒黄色的药片，吞了下去。我看着她通红的脸恢复正常，她对我说了声"感谢"，然后说了自己的名字。

巧的是，她竟然和我同一所高中，比我大一届。因为是校友加之又在同一家健身房，我们渐渐熟络起来。她知道我是一个正在努力变成瘦子的胖子，我知道她是一个减肥成功但仍在减肥的瘦子。这似乎是我们彼此间一个最大的共同点，作为一个前辈，P 经常向我讲起她之前瘦身的故事，每每讲起自己的故事，P 的脸上总洋溢着骄傲。

她说瘦下来是她人生中唯一值得自豪的经历，也是她一生中最失败的一件事情。

有次健身完休息，P 问我为什么想要减肥，我不假思索地回答她，当然是为了瘦下来变好看。

"瘦下来就会变好看吗？瘦下来不喜欢你的人就会喜欢你吗？"P淡淡地问我。

"不瘦下来怎么知道会不会变好看，无论怎么样，起码不会再被别人用怪异的眼神看着。"

我喋喋不休地说着，P叹了一口气。我不知道是哪句话说错了，会让P作出这样的反应。但誓死瘦身的目标就摆在面前，我管不了那未知的一万种可能性，眼下只有瘦下来才能化解一切担忧。

3

那段时间我越发像一个偏执狂，每天拖着虚弱的身子在跑步机上挥汗如雨，看着镜子前体重秤上的自己渐渐褪去之前肥胖的轮廓，我开始在社交平台上直播自己的减肥历程，每一张自拍照得来的赞许让我的勇气值一点点上升，我头一次感觉到自己的人生充满了希望，光明就在眼前。

当我沉浸在这些变化所带来的快乐时，P却似乎过得并不好。她的脸色越来越差，整个人骨瘦如柴，有时候在跑步机上跑着跑着就突然捂着嘴跑去了洗手间，像个弱不禁风的老年人，却每天依旧在发疯似的减肥。我无数次问过P明明已经很瘦了，为什么还要继续减下去，P从没正面回答过我。

直到有一天，P在跑步机上突然昏倒，在医院的急诊室外面，我才得知原来P患上厌食症已经有一年了。生病的原因就是过度节食减肥而导致的。那时候的P已经是一个瘦身成功的女孩儿了，腰肢纤细，和之前的那个她比简直是脱胎换骨、涅槃重生。虽然减去了肥肉和脂肪，但身体很难恢复，厌食症的治疗漫长而又艰难，有时候P需要强迫自己去吃东西，刚刚下肚还没多久的食物又会被恶心地吐出来，严重的时候，每天会呕吐好几次。所以我经常看到P捂着嘴去厕所就是厌食症所致，每次吐完吃的那个黄色药片就是用来克制呕吐感的。

医生已经劝过P无数次，叫她不要再继续减下去了，但P总是不听。没有人知道她执拗的真正原因是什么，所有人知道的是，P可以不吃饭，但不能不减肥。

P在医院住了一个星期，我也到了开学的日子，临走那天我去医院看了P，亲自下厨做了几道菜带给她，她在我面前强忍着吃了几口，然后嘱咐我一定不要学她，要按时吃饭。我笑她还是先管好自己的身体吧，她点点头又强迫着自己塞了一口饭进去。

在这之后，我告别了那个昔日笨拙臃肿的角色设定，开始走进全新的生活。

4

我狂热于在社交平台发布自己的自拍，享受着赞许的评论。

原来羞于表达的我，不再畏惧人群的目光，还参加了辩论队、演讲社，我沉浸于在人群面前展示自己的那种成就感之中。我的标签再也不是"胖子""肥猪"，而是换成了"帅哥"，甚至就在我还未来得及适应这一突如其来的变化时，我新的人生设定已经改变了我的生活。

我获得了受人追捧的欢愉，然而在这种外在的快乐包裹我生活的同时，我发现自己的内心仿佛不再那么自由了，我开始变得小心翼翼，开始变得更加在乎别人对我的看法，开始变得异常敏感。

我害怕自拍下面负面的评论，害怕朋友拍到我怪异的照片，害怕别人看到我之前又丑又胖的样子。我不敢再像从前一样自在地享受食物带给我的快乐，新冒出的一颗青春痘可以让我紧张好几天，关于胖瘦的事情更是成了敏感话题。

瘦下来所带来的那庞大的希望和幸福的快乐渐渐消失殆尽，疲倦在我时刻保持警惕的神经之中迅猛扩散。

我的朋友因为我的神经质而渐渐疏远我，有时，我甚至想要回到从前，回到那个不受瞩目的胖子，身体虽重却可以活得轻松快乐。

在我意志最消沉的那段时间，我每天睡觉前就和 P 聊一会儿天，听她讲被自己一直埋在心底的故事。

5

当初促使 P 减肥的原因，是她喜欢上了班里的一个男生。

喜欢的原因很简单，P 被班里一群男生起了难听的外号，有些男生甚至过分的在她的作业本和校服上画上猪的头像和她的外号，而有一次 P 被一群男生欺负嘲讽的时候，那个男生出手相救，于是 P 便喜欢上了对方。P 尝试过向对方表白，但遭遇拒绝，其他女生嘲笑她自不量力，P 便发誓一定要减肥瘦下来，于是当初的她和我一样，选择了极端的节食减肥。高三毕业那年她减肥成功，准备鼓起勇气向那位心仪已久的男生表白时，另一个女生也向那位男生表白了，最后男生答应了另一位女生。

那段时间，P伤心欲绝，她把男生拒绝自己的理由归结为还不够瘦，于是她继续减肥，厌食症也就是在这时被检查出来的。

我有些心疼P，尤其是在她说"心已经从难过中走出来，但身体永远停在了那里"这句话时。因为P减肥成瘾，想要停下来已经变成了一件很困难的事情。

厌食症的折磨，让她的身体越来越糟糕。听过这个故事之后，我觉得自己现在渴求P的安慰是多么自私。相较而言，她更加需要慰藉。

寒假回家，我与P的那次见面成了最后一面，因为她要出国了，父母为了让她得到更好的治疗并继续完成学业，决定带P去美国。

听P讲她之所以在那一年没有上学，不是因为她没有考上大学，除了因为病情严重无法上学，更多的是她为了证明"自己瘦下来可以改变那个男生对自己的看法"，她一直在期待着对方的答案由否定变成肯定。可到最后，她才发现，其实结局早在一开始就已注定。

现在看来，那时的P还真是一个天真幼稚的小女孩儿。但也不意外，谁年轻的时候不偏执呢？

P临走的时候，发了一条微博：无论你因为什么而决定减肥，当你费尽千辛万苦努力瘦下来，你要记住，从现在开始，你要学会为自己而活。

那条微博后面 P 圈了我的微博 ID。

6

这句话更像是一个总结，把我和 P 相似的年华统统归纳了进去，不过 P 的故事更显浓烈。或许 P 的故事只会以这种方式被我记录下来，但值得我向全世界宣告的是，我们都学会了，去做一个不为了取悦别人而活着的人。

因为在人生的考卷里，取悦别人顶多算是附加题拿了满分，多亏了附加题答对而拿到满分的试卷，分数虽高但永远是欠缺的。

你爱的人或许不会爱你，但你可以努力更爱自己。

讨厌你的人或许不会喜欢你，但你可以努力喜欢你自己。

我们那么努力地去改变自己，不是为了力挽狂澜，让那些不爱自己的人、讨厌自己的人喜欢上自己，而是让我们的灵魂更加独立，让生命因为更好的自身而充满意义。

当我决定瘦下来的那一刻起，我不为取悦别人，只为我自己。

我只是不想胖着过完这一生

1

我认识小仙的时候，她小小的一张巴掌脸，身材纤细，步履轻盈。

她跟我说，她曾经是一个胖子的时候，我简直难以想象。小仙在她24岁那年，用了3个月，甩掉30斤脂肪，胸不但没有变小，还从C罩杯升到了D罩杯。

胖子，或多或少都有一些敏感。朋友的一句玩笑、同事的一句调侃，都能刺激到你脆弱的心灵。可是，你的确是货真价实的胖子，所以你无言以对，无力反驳。

小仙自嘲地说："现在走在路上，听到别人喊'胖子'时，我都会下意识回头。"

2

长期当一个胖子是怎样的体验？

同学群里，你憨厚的笑容会被当成恶搞表情包；你的腿太粗，夏天穿了裙子会被磨到；你有许许多多双鞋，却连挑选的心情都没有……

24岁那年，胖子小仙经历了三件事。

第一件事，她和男朋友分手了。

小仙和那一任男友交往了一年多，分手那天，男生对她说："你什么都很好，但是你太胖了，我接受不了。"

他们第一次见面的时候。男生见到她的第一眼，问她："你确定你24岁？"人胖的时候比较显老，所以她看起来比实际年龄大。那时候的小仙，满脸油光，笑起来脸颊堆起两坨肉，腰腹积着臃肿的"游泳圈"，整个人像一个膨胀的气球，哪里像一个20岁出头的小姑娘。

男生问她的第二个问题："你确定你有1米65吗？"

因为人胖也会显得矮。同样是1米65，拍照时，腿长腰细的姐姐能拍出1米70的效果，而小仙那种体形，拍出来会被别人嘲笑"照片像被横向压缩过了一样"。

那天，男生送她回家时，对她说："我目测你跟我一样重，你有130斤吧？"

小仙哑口无言，那时候的她，140斤。后来，相处了一年多，即使小仙很喜欢他，却还是抵不过那一句"你太胖了，我接受不了"。

说不难过，是假的。

第二件事，好闺蜜结婚了。

小仙和那个闺蜜是10多年的好友，闺蜜结婚前半年对小仙说："你要好好减肥哟，你瘦下来给我当伴娘。"她俩一直是很好的朋友，小仙当时以为闺蜜是开玩笑的，没当真。

半年后，小仙依旧胖着。于是，闺蜜结婚的时候，真的没找她当伴娘。真羡慕那些吃不胖的闺蜜呀，她们扬着白皙小巧的瓜子脸，笑容明媚。

说不失落，是假的。

第三件事，年会上的玩笑。

那时候，小仙在公司里的身份是老板秘书。老板自然希望自己的秘书能好看一点儿。年底，公司给每个人下达了第二年的任务。到了小仙，老板说："你明年要瘦20斤。"

说不难堪，是假的。

她以前一直以为，只要人好，你的外表好不好看不重要。一连经受这三重打击，她总算明白，很多人都是先看外表，然后才会去看你的心灵美。

那段时间，小仙陷入了人生的低谷。

3

小仙不是没想过要减肥。

网络流行的减肥法，除了因为怕死不敢吃减肥药以外，她几乎全试过。

之前，她的人生周期是这样的——减肥，复胖，减肥，复胖……循环往复。

而这一次，她发誓，要终结这个恶性循环。夜深人静，她辗转反侧，突然坐起身来，咬牙切齿地抹掉脸上快干掉的眼泪，对自己说了三句话：

"我不想再拖着肥硕的身躯，迎接25岁，甚至未来的漫长人生。"

"我真的不想胖着、敷衍着、得过且过地过完这辈子。"

"我想试试看，这么多年来，我究竟能不能坚持下来做一件事情。"

她报名参加了一家健身中心的真人秀活动。或许是因为意念的力量，她从初试一路到复试，最后被选中，参加真人秀。

那3个月里，她每天下班后，7点前赶到健身房，做拉伸动作到8点，做有氧训练45分钟，再做拉伸运动到9点。回家的时候，已经是10点。

有的时候要加班，她就约第二天早上7点的课。公司发蛋糕，她把蛋糕分给其他人，自己不敢吃，眼巴巴地问同事好不好吃。

加班时叫外卖，同事们点了肯德基，她就只敢点一份土豆泥，用水泡过后再吃。她花了3个月，甩掉了30斤脂肪，骨骼肌从22.5千克上涨至24千克，很多女生担心的减肥胸变小的问题也没有发生。

她瘦了下来，老板看她的表情都不一样了。

那一年年会聚餐，老板把她当作了正面案例："你们看看小仙，去年我跟她开玩笑让她瘦个20斤，她就做到了。我说的，她都做得到。"

这是小仙24岁那年对生活的态度。

4

我好奇地问小仙："你现在还在健身吗？"

她点头。

健身哪里是3个月的事情。她说，之前一次次减肥又复胖，是因为她太浮躁了。靠纯节食瘦到目标体重后，第二天立刻胡吃海喝，会迅速地胖回去。那样的她，亟须扭转的不是体重秤上飙升的数字，而是对减肥的功利和浮躁之心。健身和吃饭一样，从来不是一劳永逸的事。

小仙告诉我："运动不是短短3个月的事，而应该成为一种长久的习惯。健身会上瘾，你会爱上你自己的身体。"

5

我和小仙探讨了关于"胖"的问题。

胖有罪吗？胖子就注定一事无成吗？胖子就必须充满负罪感，自怨自艾、自暴自弃吗？

并不是。

有的人觉得，他们生活得糟糕，都是因为自己胖。

其实胖本身不是罪，不是肥胖导致了你生活糟糕，而是你的不自律，对生活毫无诚意，你允许自己一再搁置运动计划，你纵容自己把高热量食品塞进胃里，你才会在日积月累中变得肥胖。

你没把控好自己的人生，才会控制不了你的体重。减肥，从来不是目的。优雅的体形，应该是好生活的副产品。

我问小仙，她为什么能坚持下来。她说："只是因为有一天，我意识到，我真的不想胖着过完这一生。"

图书在版编目（CIP）数据

过了二十岁，要有瘦一辈子的本事 / 万特特等著. —
北京：现代出版社，2019.6

ISBN 978-7-5143-7787-3

Ⅰ.①过… Ⅱ.①万… Ⅲ.①成功心理—通俗读物
Ⅳ.①I267

中国版本图书馆 CIP 数据核字（2019）第 102255 号

过了二十岁，要有瘦一辈子的本事

著　　者	万特特　等
责任编辑	阎　欣
出版发行	现代出版社
通信地址	北京市安定门外安华里 504 号
邮政编码	100011
电　　话	010–64267325 64245264（传真）
网　　址	www.1980xd.com
电子邮箱	xiandai@vip.sina.com
印　　刷	吉林省吉广国际广告股份有限公司
开　　本	880×1230　1/32
字　　数	141 千字
印　　张	8
版　　次	2019 年 8 月第 1 版　2019 年 8 月第 1 次印刷
书　　号	ISBN 978–7–5143–7787–3
定　　价	42.80 元